GUSTAVE SIMON

Visite à la Maison de

VICTOR HUGO

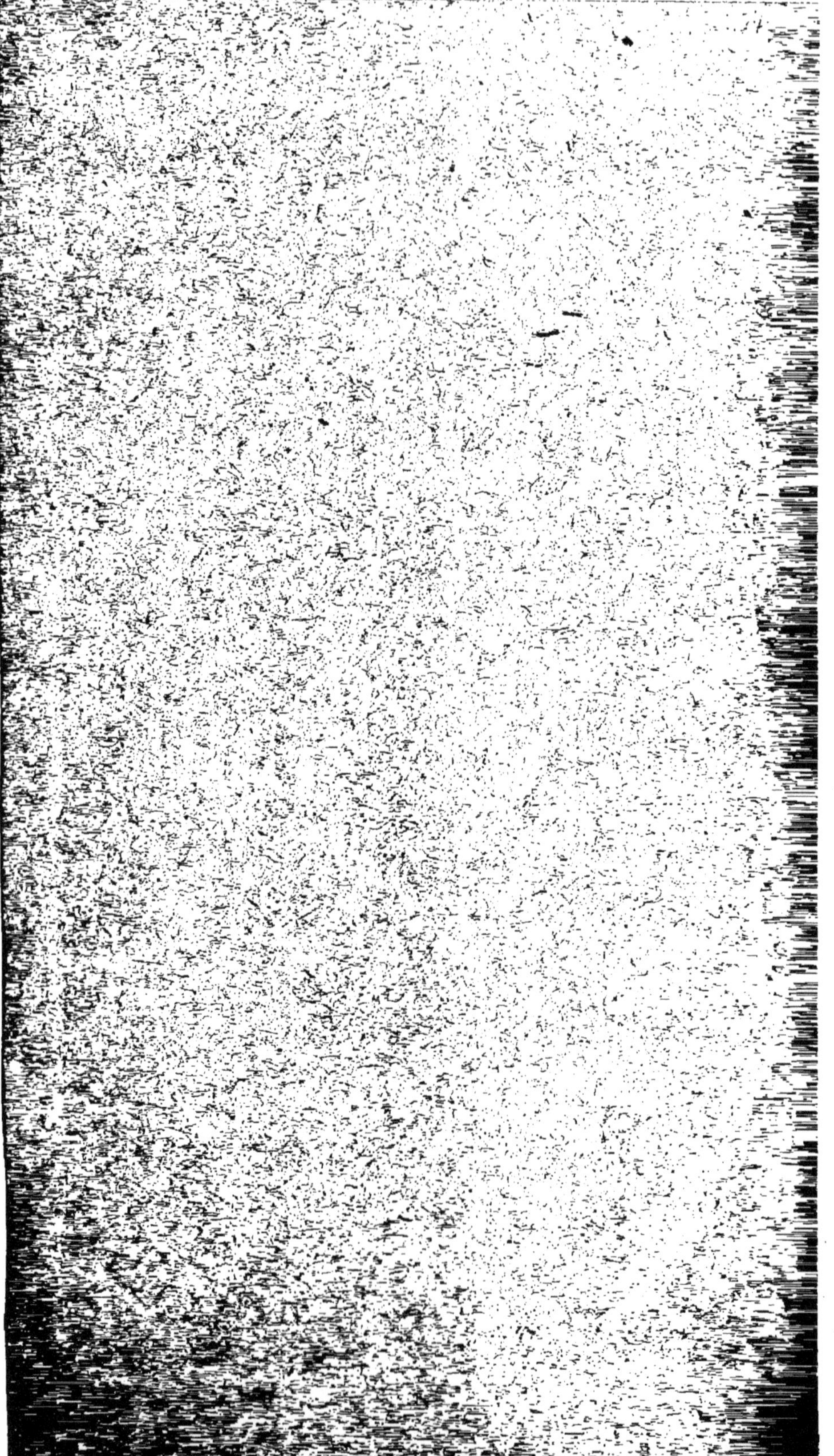

Visite à la Maison

de

VICTOR HUGO

INTRODUCTION

Quand vous avez dépassé la rue de Rivoli, pénétré dans la rue Saint-Antoine, vous rencontrez à gauche la rue de Birague qui vous conduit à une des places les plus curieuses de Paris par son architecture et les plus intéressantes par ses anciens souvenirs.

On dirait une vieille estampe du xviie siècle oubliée dans un coin du Paris moderne.

C'est la place des Vosges. Elle a subi les fluctuations de la politique seulement en changeant plusieurs fois de nom; elle a été la place Royale, et elle a repris, sous la République, son ancien état civil.

Quelle action d'éclat valut donc au département des Vosges l'honneur de ce parrainage?

En l'an viii, le 16 ventôse, le premier Consul avait voulu piquer l'émulation des départements; à une époque où les impôts rentraient difficilement, il avait pris un arrêté par lequel une des places les plus importantes de Paris porterait le nom du département qui aurait acquitté le plus vite ses contributions. Les Vosges l'emportèrent.

Mais si la place changea parfois de nom, elle conserva toujours son caractère archaïque, avec ses maisons de pierres et de briques, à fenêtres hautes, à mansardes, à toits d'ardoises inclinés, creusées, à leur rez-de-chaussée, d'arcades *trapues et d'un aspect extérieur uniforme. Elle doit sa célébrité ancienne à Henri IV, sa célébrité la plus récente à Victor Hugo.*

Henri IV fit bâtir le côté qui borde la rue Saint-Antoine. Victor Hugo habita le n° 6, précisément dans les bâtiments de Henri IV.

Cette vieille place, l'une des plus vieilles de Paris, puisqu'elle fut commencée en 1604 sur l'emplacement de l'hôtel des Tournelles, convenait bien au poète, car elle avait été et elle était alors le véritable centre intellectuel et mondain.

Mme de Sévigné l'appelait « la Place. » C'était la seule, l'unique, la vraie ; la place renommée par les rendez-vous des duellistes et les rendez-vous d'amour, la place des Rohan, des d'Aligre, des Rotrou, des Chaulnes, des Guéménée ; la place illustrée par Corneille, Condé, Molière, Turenne, Mme de Longueville, la place habitée par le cardinal de Richelieu, puis par la tragédienne Rachel. C'était la place où naquit Mme de Sévigné ; c'était donc « la Place ».

Victor Hugo occupa l'immeuble connu sous le nom d'hôtel de Guéménée qui avait été acquis par Louis de Rohan, prince de Guéménée, et qui, en dépit des changements de propriétaires, conserva son nom.

C'est au second étage de cette maison que Victor Hugo s'installa au mois d'octobre 1832. On répétait alors le Roi s'amuse. C'est donc à la place Royale qu'il livra cette grande bataille que la censure voulut rendre unique en interdisant la pièce le lendemain de la première représentation.

Mais c'est de 1833 à 1848, dans cette même maison, c'est-à-dire pendant seize ans, qu'il écrivit ses grands drames : Lucrèce Borgia *(1833),* Marie Tudor *(1833),* Angelo *(1835),* Ruy-Blas *(1838),* les Burgraves *(1843), et ses poëmes :* les Chants du Crépuscule *(1835),* les Voix intérieures *(1837),* les Rayons et les Ombres *(1840) ; c'est là qu'il publia* le Rhin, *là qu'il ébaucha* les Misérables, *qu'il commença* la Légende des Siècles, *les* Contemplations. *C'est là qu'il eut ses triomphes, qu'il fut admiré, fêté, glorifié, là qu'il eut ses joies de famille, alors que sa femme rayonnait dans tout l'éclat de son intelligence, de sa grâce et de sa beauté et que ses enfants grandissaient.*

C'est là qu'hélas! il eut aussi ses douleurs, alors qu'il perdait son frère Eugène en 1837, son compagnon de travail et de luttes, puis sa chère fille Léopoldine dans la catastrophe de Villequier.

C'est là que le grand chef de l'école romantique recevait tout ce qu'il y avait d'illustre en France. Là qu'il était entouré de ses amis et de ses admirateurs : Charles Nodier, Alfred de Vigny, Lamartine, Béranger, Eugène Delacroix, Sainte-Beuve, Mérimée, Balzac, Alexandre Dumas, Louis Boulanger, les Deschamps, les Devéria, Célestin Nanteuil, David d'Angers, plus tard Th. Gautier, Auguste Vacquerie, et Paul Meurice, qui le connut n'ayant lui-même alors que seize ans.

C'est là aussi qu'il livra ses premières batailles politiques lorsqu'il fut pair de France en 1845, et plus tard membre de l'Assemblée constituante en 1848.

Tant de souvenirs désignaient la maison de la Place Royale à Paul Meurice et à Georges et Jeanne, les petits-enfants du poëte, qui voulaient élever un monument de gloire à l'ami et au grand-père.

Aussi, le 12 juin 1901, M. Paul Meurice adressait aux conseillers municipaux de Paris une lettre qui était lue par son neveu, M. Froment-Meurice, dans la séance du 21 juin, et qui est ainsi conçue :

12 juin 1901.

Messieurs les Conseillers municipaux de Paris,

L'Angleterre a la maison de Shakespeare à Stratford-sur-Avon, l'Allemagne a la maison de Gœthe à Francfort :

au nom des petits-enfants de Victor Hugo et au mien, je viens offrir à Paris de donner à la France la maison de Victor Hugo.

La maison de Shakespeare et la maison de Goëthe ne possèdent guère de leurs grands hommes que des reliques et des souvenirs. La maison de Victor Hugo serait, de plus, un musée, un musée dont la plus grande richesse serait l'œuvre dessiné, peint et sculpté de Victor Hugo lui-même.

Nous y pourrons, en effet, réunir de lui plus de 500 dessins, aquarelles et sépias, des dessins du Maître admirés par les maîtres ; et l'une des salles du musée tout entière, panneaux, cheminée, meubles et jusqu'au plafond, aurait une décoration d'oiseaux, fleurs, chimères et figures, sculptée, incisée et peinte par lui dans le goût le plus charmant et le plus rare.

A côté de cet œuvre personnel du poète, nous apporterions au musée une collection de tableaux et de dessins inspirés par ses poèmes, ses romans et ses drames, et signés : Raffet, Decamps, Louis Boulanger, Paul Baudry, Henner, Cabanel, Jean-Paul Laurens, Benjamin Constant, Fantin-Latour, Maignan, Frémiet, Roll, Rochegrosse, Henri Pille, Tony Robert-Fleury, Daniel Vierge, Willette, etc. Je ne puis énumérer tout, mais je mentionnerai le buste en marbre de Victor Hugo jeune, par David d'Angers, le buste en bronze de Victor Hugo vieux, par Rodin, le masque de Victor Hugo mort, par Dalou.

De plus, à l'exemple du British Muséum dans ses salles consacrées à Shakespeare, nous avons rassemblé pour Victor Hugo une bibliothèque et une collection d'estampes. La bibliothèque contient toutes ses œuvres dans toutes les éditions, dont les éditions princeps, avec dédicaces, vignettes, variantes : — 31 de ces volumes en épreuves, avec corrections, additions et bons à tirer de l'auteur : — les traductions en toutes langues ; tous les ouvrages critiques et biographiques relatifs à Victor Hugo. La collection d'es-

tampes comprend plus de 5,000 pièces, avec états divers, dont 900 portraits de Victor Hugo, sans compter les charges et les photographies.

Enfin, Georges et Jeanne, pour leur donner les noms qu'a consacrés le « grand-père », reconstitueront dans la Maison de Victor Hugo sa chambre de l'avenue d'Eylau, avec le lit où il est mort, la table haute où il écrivait debout, son bureau, tout ce qui garnissait la pièce et qui a été religieusement conservé.

Maintenant quelle sera cette Maison de Victor Hugo?

Ce sera, si vous le voulez bien, messieurs les conseillers municipaux, la maison qu'il a habitée le plus longtemps à Paris, de 1833 à 1848, la maison de la période romantique, où il a écrit ses grands drames, livré ses grandes batailles, la maison du nº 6 de la place Royale, aujourd'hui place des Vosges. La Ville de Paris n'aurait pas à l'acheter, elle appartient à la Ville. Elle forme un des bâtiments d'un important groupe scolaire, et il n'y aurait qu'à déplacer deux classes et un atelier. Pour les frais d'aménagement et d'installation du musée, nous mettons à la disposition de la Ville une somme de 50,000 francs ; nous offrons à Paris le musée, nous demandons à Paris le cadre pour le musée.

Le 26 février 1902 sera célébré le centenaire du poète. Ce jour-là, sur la place qui porte son nom, on inaugurera le monument de Victor Hugo. Si le Conseil municipal veut bien accepter notre offre et notre requête, on pourrait inaugurer aussi la Maison de Victor Hugo. Le soir, la Comédie-Française donnera la reprise des Burgraves. Ce serait là une journée historique et poétique qui honorerait à la fois Victor Hugo, Paris et la France.

Paul Meurice.

Le président du Conseil municipal, M. Dausset, acceptait avec empressement cette offre et remerciait, au nom du

Conseil municipal, M. Paul Meurice et les petits-enfants du poète, M. Georges Hugo et Mme Jeanne Charcot. Le préfet de la Seine, M. de Selves, s'associait à la pensée du Conseil, mais certaines questions, telles que le transfert de l'école installée au n° 6 de la place des Vosges, l'aménagement de cette école ailleurs, les négociations avec des locataires ayant des baux, retardèrent l'installation et l'inauguration de la Maison de Victor Hugo.

Le 9 janvier 1902, le rapporteur, M. John Labusquière, soumettait au Conseil une délibération par laquelle celui-ci approuvait les dépenses d'aménagement de la Maison de Victor Hugo, montant à 115,000 francs, dont 50,000 fr. offerts par M. Paul Meurice et les petits-enfants de Victor Hugo, et 65,000 francs donnés par la Ville de Paris.

Un arrêté du 25 juin 1902 consacrait cette délibération.

La maison où Victor Hugo habita un appartement est devenue aujourd'hui sa maison tout entière. Il la remplit de ses œuvres, de sa vie de poète, de romancier, d'auteur dramatique, d'historien, d'orateur, de philosophe et d'artiste. Il la remplit de sa vie intime et des souvenirs de son foyer. C'est le musée de son œuvre et sur son œuvre dans ses manifestations les plus variées, les plus éclatantes et les plus puissantes.

On doit l'exécution de ce beau projet à M. Paul Meurice qui, avec un admirable dévouement, une constante persévérance, une piété touchante et un généreux désintéressement, a non seulement su réunir toutes ces richesses, mais qui encore s'est dépouillé des œuvres les plus rares qu'il avait groupées et acquises à force de patients efforts et de laborieuses recherches et qui les aimait comme on aime les vieux compagnons et les chers souvenirs.

On le doit aux petits-enfants de Victor Hugo, Georges et à Jeanne, qui ont voulu honorer le grand-père en apportant leurs précieuses reliques, écoutant plus leur amour filial que leur légitime égoïsme.

On le doit enfin au Conseil municipal de la Ville de Paris, fidèle à cette belle tradition de glorifier ceux qui ont jeté de l'éclat sur leur pays et surtout celui dont le nom rayonne sur le siècle dernier. Car c'est le Conseil qui, dans un bel et unanime élan de générosité, a donné cette maison, petit temple abritant l'œuvre immortelle d'un grand génie.

La Maison de Victor Hugo a été inaugurée le 30 juin 1903.

M. Paul Meurice, en quelques paroles toutes vibrantes d'émotion, a remis, au nom des petits-enfants de Victor Hugo et au sien, la Maison du poète « au Conseil municipal qui représente Paris, à Paris qui représente la France. »

Le président du Conseil municipal, M. Deville, a remercié, en quelques mots heureux, au nom de la Ville de Paris.

Le préfet de la Seine, M. de Selves, a reçu le musée comme un précieux dépôt pour la grande cité, ajoutant avec beaucoup de chaleur et d'éloquence : « Paris, en veillant sur lui, n'honorera pas seulement la mémoire du grand homme, mais s'honorera aussi lui-même aux yeux du monde civilisé. »

M. Jules Claretie, au nom de l'Académie française, des littérateurs, des auteurs dramatiques et des amis, a évoqué, dans un beau et charmant discours, tous les grands et glorieux souvenirs de cette Maison où palpite encore l'esprit de Victor Hugo et où rayonne son immortalité.

Victor Hugo, par BONNAT.

Visite à la Maison

DE

VICTOR HUGO

La Maison de Victor Hugo a trois étages. Elle est trop petite pour contenir toutes ses richesses et l'œuvre du poète racontée par lui-même et par des artistes éminents, trop étroite pour abriter sa vie rappelée par des souvenirs, trop grande cependant pour la visiter sans guide.

Aussi trouvera-t-on dans ce livre, non pas seulement des indications et des renseignements, mais des récits, des anecdotes et des souvenirs inédits.

Cette maison est bien sa maison à lui, la maison qui parle de lui dans le passé, qui le célèbre dans le présent, qui le glorifie à jamais. C'est le musée de son œuvre et sur son œuvre.

Car des dessins originaux et des peintures de maîtres anciens et modernes font revivre les personnages créés par son imagination ou rencontrés dans la vie, héros de légende, héros d'histoire, héros d'humanité ; ils reproduisent ses visions terribles ou gracieuses, tragiques ou lumineuses, nul mieux que Victor Hugo n'ayant su évoquer des images avec une force plus saisissante, ressusciter les temps disparus, décrire l'invisible ou fixer l'impalpable, faire vibrer les foules, poétiser ses paysages, pénétrer les plus pures émotions de l'âme et les plus redoutables secrets de la nature.

Les artistes trouvaient dans ses poèmes et dans ses romans la physionomie des personnages et le décor si puissamment rendus, qu'ils avaient devant eux le modèle dont ils n'avaient plus qu'à donner la copie.

Mais pour certaines conceptions prodigieuses de son imagination, mélange de fantaisie surnaturelle et de réalisme déconcertant, c'était lui seul qui pouvait les interpréter par le dessin et par la peinture.

Notre visite dans la maison de Victor Hugo comprend :

Avec salles de peintures et de dessins sur ses œuvres, la bibliothèque contenant les éditions originales des œuvres de Victor Hugo, des curiosités bibliographiques, des estampes ;

Le second étage avec les dessins, peintures et sculptures de Victor Hugo, la salle chinoise et la chambre mortuaire ;

Le troisième étage, avec le musée intime, musée du foyer et des souvenirs, et le musée populaire, musée du bibelot, collection de menus objets de la petite industrie parisienne, consécration naïve et parfois touchante de la popularité.

Enfin, tous les murs des escaliers sont revêtus de dessins originaux sur les œuvres.

VESTIBULE

Dans le vestibule, le maître de la maison : le BUSTE DE VICTOR HUGO, improvisé par Marqueste pour la Ville de Paris. Un jour de fête à l'Hôtel de Ville, le buste de Victor Hugo devait y figurer. Le temps pressait, le délai était court ; malgré la quantité innombrable de bustes du poète, la Ville de Paris n'avait pu s'en procurer un. Elle s'adressa à M. Marqueste qui s'exécuta avec beaucoup de bonne grâce. En même temps qu'elle donnait la maison, la Ville y envoya le buste qui avait eu jadis une place d'honneur dans une de ses fêtes et qui, aujourd'hui, nous montre le maître accueillant ses visiteurs sur le seuil.

ESCALIER DU PREMIER ÉTAGE

Dès les premières marches, se présente la double série de dessins originaux de ROCHEGROSSE donnant les scènes principales du premier et du dernier roman de Victor Hugo : *Han d'Islande* et *l'Homme qui rit*.

Han d'Islande, œuvre de jeunesse du poète, est, on le sait, un grand conte de fées dont le personnage principal est cet Han d'Islande, espèce de monstre, buveur de sang humain, qui remplit la montagne de Suède de la terreur de ses crimes. Ordener, le capitaine chevaleresque, pour gagner la main de la belle Éthel, poursuit jusque dans ses cavernes le monstre. La grande péripétie du drame est le combat d'Ordener et de Han d'Islande.

« D'un autre bond, il était sur Ordener.... Ses ongles s'enfonçaient dans les épaules du jeune homme; ses genoux noueux pressaient ses hanches, tandis que son affreux visage présentait aux yeux d'Ordener une bouche sanglante et des dents de bête fauve prêtes à le déchirer.....
C'était quelque chose de plus hideux qu'une bête féroce, de plus monstrueux qu'un démon..... Ordener avait chancelé sous l'assaut du petit homme....
Il enlaça le monstre de ses deux bras, puis, saisissant la lame de son sabre par le milieu, il lui appuya perpendiculairement la pointe sur l'épine du dos. »

Signalons, parmi les dessins de la série, la Morgue, et surtout la Marche des mineurs révoltés.

Han d'Islande est un monstre ouvrage de la nature, *l'Homme qui rit* est un monstre fait de la main des hommes. Des voleurs d'enfants ont imprimé par des mutilations sur ce visage son rire grotesque et tragique.

« Deux yeux pareils à des jours de souffrance. Un hiatus pour bouche, une protubérance camuse avec deux trous qui étaient les narines. Pour face un écrasement, et tout cela ayant pour résultante le rire. Il est certain que la nature ne produit pas toute seule de tels chefs-d'œuvre. Et pourtant il ne riait pas. Sa face riait, sa pensée, non. »

Dans sa course à travers la nuit, le malheureux, abandonné sur le rivage par ses voleurs, a recueilli une petite aveugle, Dea, et a reçu l'hospitalité dans la cahute d'Ursus, un cœur excellent, dont le seul ami, Homo, est un loup. Des papiers révèlent la naissance de l'infortuné. Il est le fils et l'héritier de lord Clancharlie, il est réintégré dans ses titres et prend place à la chambre des Lords.

Signalons les dessins : Ursus et Homo, les Enfants endormis, et l'Homme qui rit (Gwynplaine) à la Chambre des Lords.

Sur le palier du rez-de-chaussée au premier, deux grandes compositions de LOUIS BOULANGER, un des amis les plus intimes de Victor Hugo :

La Charrette du condamné.

« Et la charrette allait, allait, et les boutiques passaient et les enseignes se succédaient peintes, dorées, et la population riait et trépignait dans la boue. »

(Le Dernier jour d'un condamné.)

La Cour des Miracles.

« C'était comme un nouveau monde inconnu, inouï, difforme, reptile, fourmillant, fantastique. »

(Notre-Dame de Paris.)

Puis de droite à gauche :

A Canaris, de ROCHEGROSSE.

Il te reste, ô mon Grec, la douceur d'entrevoir
Tantôt un fronton blanc dans les brumes du soir,
Tantôt, sur le sentier qui près des monts chemine,
Une femme de Thèbe ou bien de Salamine,
Paysanne à l'œil fier qui va vendre ses blés
Et pique gravement deux grands bœufs accouplés,
Assise sur un char d'homérique origine,
Comme l'antique Isis des bas-reliefs d'Égine.

(Les Chants du Crépuscule.)

Petit Paul, de GEOFFROY. — Petit Paul est orphelin, recueilli par le grand-père.

Oh ! comme ce couchant adorait cette aurore !

Le grand-père mourut. Petit Paul n'avait que lui seul au monde, car son père vivait avec une autre femme, et, détesté par elle, il avait couru au cimetière.

Il sentait là quelqu'un pouvant le secourir.
Il avait appelé dans l'ombre solitaire
Longtemps ; puis il était tombé mort sur la terre
A quelques pas du vieux grand-père, son ami ;
N'ayant pu l'éveiller, il s'était endormi.

(La Légende des Siècles.)

Les tours de Notre-Dame, de CHIFFLART. — La Esmeralda est dans la logette de Notre-Dame, gardée par Quasimodo. Les truands s'inquiètent de ne plus la voir et ne la croient pas à l'abri dans la cathédrale. Ils veulent l'en arracher. Une nuit, toute la Cour des Miracles vient assiéger Notre-Dame. Mais

Quasimodo, craignant qu'on ne vînt la lui ravir, jetait des moellons sur cette foule.

« Il courut chercher un fagot dans son bouge de sonneur, posa sur ce fagot force bottes de lattes et force rouleaux de plomb, munitions dont il n'avait pas encore usé, et, ayant bien disposé ce bûcher devant le trou des deux gouttières, il y mit le feu avec sa lanterne..... Deux jets de plomb fondu tombaient du haut de l'édifice au plus épais de la cohue. »

(Notre-Dame de Paris.)

Cosette balayant, d'ÉMILE BAYARD. — C'est la petite Cosette, la fille de Fantine, en pension chez les Thénardier, les aubergistes de Montfermeil, et exploitée par eux.

« C'était une chose navrante de voir, l'hiver, la pauvre enfant, qui n'avait pas encore six ans, grelottant sous de vieilles loques de toile trouées, balayant la rue avant le jour avec un énorme balai dans ses petites mains rouges et une larme dans ses grands yeux. »

(Les Misérables.)

Barrabas, par ROCHEGROSSE.

> Une langue de flamme au-dessus de sa tête
> Brillait et volait comme en un vent de tempête,
> Et Barrabas debout, transfiguré, tremblant,
> Terrible, cria...

(La Fin de Satan.)

ANTICHAMBRE DU PREMIER ÉTAGE

L'Évêque endormi, d'ÉMILE BAYARD. — Jean Valjean, le forçat, a reçu l'hospitalité de l'évêque Myriel ; la nuit il se lève et pénètre dans la chambre du prêtre, il était peut-être prêt à lui briser le crâne pour le voler ensuite avec plus de sécurité.

« Jean Valjean, lui, était dans l'ombre, effaré de ce vieillard lumineux.... Au bout de quelques instants son bras gauche se leva lentement vers son front et il ôta sa casquette.... L'évêque continuait de dormir dans une paix profonde sous ce regard effrayant. »

(Les Misérables.)

L'Homme réveillé, d'ÉMILE BAYARD. — Jean Valjean, qui a volé l'argenterie de l'évêque Myriel, examine comment il pourrait assurer sa fuite.

« Il marcha droit et à petits pas vers la fenêtre qu'il entrevoyait. La nuit n'était pas très obscure. C'était une pleine lune sur laquelle couraient de larges nuées chassées par le vent..... Arrivé à la fenêtre, Jean Valjean l'examina. Elle était sans barreaux, donnait sur le jardin, et n'était fermée, selon la mode du pays, que d'une petite clavette ; il l'ouvrit... »

(Les Misérables.)

Entre ces deux derniers tableaux un grand cadre contenant :

— Le frontispice de l'**Histoire d'un crime**, de SCOTT.

— Le frontispice des **Châtiments**, d'ÉMILE BAYARD.

— **Monsieur Madeleine** (Jean Valjean), fermant les yeux de Fantine à l'hôpital, d'ÉMILE BAYARD. (*Les Misérables*.)

— **La Cloche**, de ROCHEGROSSE.

> Ami, le voyageur que vous avez connu
> Et dont tant de douleurs ont mis le cœur à nu,
> Monta, comme le soir s'épanchait sur la terre,
> Triste et seul, dans la tour lugubre et solitaire.

(Les Chants du Crépuscule.)

Deux personnages de *l'Homme qui rit* :

— **Lord David Dirry-Moir**, de ROCHEGROSSE. — A la mort de lord Clancharlie, le roi a fait transmettre son héritage et ses titres à lord David-Moir, une de ses créatures et le bâtard du lord, et l'a fiancé à une de ses bâtardes à lui, la duchesse Josiane.

« C'était un seigneur brave, bien fait, beau, généreux, fort, grand de mine et de manières. Sa personne ressemblait à sa qualité. Il était de haute taille comme de haute naissance. »

(L'Homme qui rit.)

— **La Duchesse Josiane**, de ROCHEGROSSE. — La bâtarde du roi.

« Josiane, c'était la chair. Rien de plus magnifique. Elle était très grande, trop grande. Ses cheveux étaient de cette nuance qu'on pourrait nommer le blond pourpre. Elle était grasse, fraîche, robuste, vermeille, avec énormément d'audace et d'esprit. »

(L'Homme qui rit.)

— Le frontispice de la **Fin de Satan**, de ROCHEGROSSE.

PREMIER ÉTAGE

SALLE DES DESSINS SUR LES ŒUVRES

C'était une tâche difficile et redoutable de rendre par le dessin les héros et les grandes scènes des romans de Victor

Sara la baigneuse, par Henner.

Hugo, d'évoquer par l'image « le drame de la création éclairé par le visage du créateur », de peindre l'humanité toute entière sous tous ses aspects et à ses grandes époques. C'est cependant ce que des artistes éminents ont tenté, et le succès a répondu à leurs efforts. On trouvera ici des dessins sur *Notre-Dame de Paris*, *Les Misérables*. *Quatre-Vingt-Treize*. pour le roman, sur la *Légende des Siècles*. *Toute la lyre*, *Odes et Ballades*. *La fin de Satan* pour la poésie. CHIFFLART et BRION ont les honneurs de cette salle.

Sur le panneau en entrant à gauche et en haut :

La Flécharde, de BRION (*Quatre-vingt-treize*). — L'action se passe en Vendée à l'époque où les Girondins ayant été exécutés, Robespierre, Danton et Marat sont aux prises et où le royalisme va jouer en Vendée sa dernière partie.

Les fédérés parisiens fouillent le bois de la Saudraie dans l'espoir de rencontrer les chouans.

« Au plus épais du fourré, au bord d'une de ces petites clairières rondes que font dans les bois les fourneaux à charbon en brûlant les racines des arbres, dans une sorte de bris de branches, espèce de chambre de feuillage, entr'ouverte comme une alcôve, une femme était assise sur la mousse, ayant au sein un enfant qui tétait et sur ses genoux les deux têtes blondes de deux enfants endormis. »

C'est la Flécharde, dont le mari a été fusillé; le bataillon adopte les trois petits.

A côté :

Le Sergent Radoub, de BRION. — C'est le sergent qui, dans un élan d'humanité, ayant une grosse larme sur la joue, a fait adopter les petits.

« Il était de cette race que Pindare appelle « les athlètes agiles ». On peut être vieux soldat et homme jeune; Radoub, qui avait été garde française, n'avait pas quarante ans. C'était un hercule leste. »

Au-dessous :

Gringoire, de BRION (*Notre-Dame de Paris*). — Gringoire, le pauvre diable chassé de son logis, aspirant à pleins poumons l'odeur de cuisine qui sort des soupiraux, pour apaiser un peu les révoltes de son estomac vide, errant à l'aventure à la recherche d'une rime et d'un gîte.

Phœbus, de BRION (*Notre-Dame de Paris*). — Le brillant gentilhomme qui fait sonner ses éperons d'or, une belle livrée, une grande mine, un beau nom, une épée solide qu'il est toujours prêt à tirer pour conquérir une fille, un galant libertin.

Sur le même panneau de gauche, de l'autre côté de la fenêtre donnant sur l'escalier, quatre poèmes de *la Légende des Siècles*.

En haut :

Les Lions, de CHIFFLART.

> Quand la nuit eut noirci le grand firmament bleu,
> Le gardien voulut voir la fosse, et cet esclave,
> Collant sa face pâle aux grilles de la cave,
> Dans la profondeur vague aperçut Daniel
> Qui se tenait debout et regardait le ciel,
> Et songeait, attentif aux étoiles sans nombre,
> Pendant que les lions léchaient ses pieds dans l'ombre.

A côté :

Le Petit roi de Galice, de CHIFFLART.

> Les bandits, le croyant prêt à recommencer,
> Tremblants comme des bœufs qu'on ramène à l'étable,
> A chaque mouvement de son bras redoutable
> Reculaient, lui montrant de loin leurs coutelas.
> Et pas à pas, Roland, sanglant, terrible, las,
> Les chassait devant lui parmi les fondrières,
> Et, n'ayant plus d'épée, il leur jetait des pierres.

Au-dessous :

La Conscience, de CHIFFLART. — C'est le supplice de Caïn.
Il est là debout, Tsilla, la fille de son fils, accroupie à ses pieds.
Il fuit, un œil le regarde toujours.

> L'œil a-t-il disparu? dit en tremblant Tsilla.
> Et Caïn répondit : — Non, il est toujours là !

Et pour s'y soustraire, il veut habiter sous la terre, mais quand
il fut dans le souterrain :

> L'œil était dans la tombe et regardait Caïn.

Le mariage de Roland, de CHIFFLART.

> Ils luttent de si près avec de sourds murmures
> Que leur souffle âpre et chaud s'empreint sur leurs armures ;
> Le pied presse le pied : l'île, à leurs noirs assauts,
> Tressaille au loin, l'acier mord le fer. Des morceaux
> De heaume et de haubert, sans que pas un s'émeuve,
> Sautent à chaque instant dans l'herbe et dans le fleuve.
> Leurs brassards sont rayés de longs filets de sang
> Qui coule de leur crâne et dans leurs yeux descend.

Comme depuis cinq jours ils luttaient « ainsi que lions et
panthères », Olivier dit à Roland :

Ne vaudrait-il pas mieux que nous devinssions frères?
Ecoute, j'ai ma sœur, la belle Aude au bras blanc,
Epouse-la.

> — Pardieu! je veux bien, dit Roland.

Sur le panneau à côté, en haut :

M. Madeleine, de BRION (*Les Misérables*). — C'est Jean
Valjean, le forçat, qui a pris un nom d'emprunt, qui est devenu,
grâce à son habileté, un riche manufacturier, qui fait le bien
autour de lui, et qui arrive à être maire de sa commune.

« Il avait les cheveux gris, l'œil sérieux, le teint hâlé d'un ouvrier,
le visage pensif d'un philosophe. Il portait habituellement un chapeau à bords larges et une longue redingote de gros drap boutonnée
jusqu'au menton. »

A côté :

Cimourdain, de BRION (*Quatre-vingt-treize*). — Le délégué
de la Convention.

« Il avait, dans ces temps et dans ces groupes tragiques, la puissance des inexorables. C'était un impeccable qui se croit infaillible.
Personne ne l'avait vu pleurer. Vertu inaccessible et glaciale. Il
était l'effrayant homme juste.... Cimourdain avait l'apparence d'un
homme ordinaire, vêtu de vêtements quelconques, d'aspect pauvre...
Il avait une façon de parler brusque et solennelle, la voix brève,
l'accent péremptoire, la bouche triste et amère, l'œil clair et profond, et sur tout le visage on ne sait quel air indigné. »

Au-dessous :

Le marquis de Lantenac, de BRION (*Quatre-vingt-treize*).
C'est le chef de l'insurrection dans la Vendée, avec toute la
morgue, la ténacité et la sauvagerie des gentilshommes bretons.

Gauvain, de BRION. — Le commandant des forces républi-
caines, dans le livre de *Quatre-vingt-treize*, le neveu du marquis de Lantenac. Il a déserté la cause royaliste servie par son
oncle et s'est converti à la République.

« Gauvain avait trente ans, une encolure d'Hercule, l'œil sérieux
d'un prophète et le rire d'un enfant.... Toujours rué éperdument
dans les mêlées il n'avait jamais été blessé. Sa voix très douce avait
à propos les éclats brusques du commandement. Il donnait l'exemple de coucher à terre sous la bise, sous la pluie, dans la neige,
roulé dans son manteau et sa tête charmante posée sur une pierre.

C'était une âme héroïque et innocente. Le sabre au poing le transfigurait. Il avait cet air efféminé qui dans la bataille est formidable. »

(Quatre-vingt-treize.)

Sur le panneau qui fait face à la porte d'entrée se trouve le buste de **Victor Hugo**, de Schœnwerk, de 1879, quand le poète avait 77 ans.

A gauche du buste et près de la fenêtre, en haut :

La Esmeralda, de Brion (Notre-Dame de Paris). — La Esmeralda danse.

« Tandis qu'elle dansait ainsi, au bourdonnement du tambour de basque, que ses deux bras ronds et purs élevaient au-dessus de sa tête, mince, frêle et vive comme une guêpe, avec son corsage d'or sans pli, sa robe bariolée qui se gonflait, avec ses épaules nues, sa jambe fine que sa jupe découvrait par moments, ses cheveux noirs, ses yeux de flamme, c'était une surnaturelle créature. »

A côté :

Le jour des Rois, de Chifflart.

Alors, tragique et se dressant,
Le mendiant, tendant ses deux mains décharnées,
Montra sa souquenille immonde aux Pyrénées,
Et cria dans l'abîme et dans l'immensité :
— Confrontez-vous. Sentez votre fraternité,
O mont superbe, ô loque infâme ! neige, boue !
Comparez, sous le vent des cieux qui les secoue,
Toi, tes nuages noirs, toi, tes haillons hideux,
O guenille, ô montagne ; et cachez toutes deux,
Pendant que les vivants se traînent sur leurs ventres,
Toi, les poux dans tes trous, toi, les rois dans tes antres.

(La Légende des Siècles.)

Claude Frollo, de Brion, l'archidiacre. (Notre-Dame de Paris).

« C'était un prêtre austère, grave, morose.... D'où lui venait ce large front chauve, cette tête toujours penchée, cette poitrine toujours soulevée par des soupirs ?

Quel était ce feu extérieur qui éclatait parfois dans son regard au point que son œil ressemblait à un trou percé dans la paroi d'une fournaise ? »

Au-dessous :

L'aigle du Casque, de Frémiet. — Le comte Strathael, roi d'Angus, pair d'Écosse, a près de lui son petit-fils Jacques, enfant de six ans. L'aïeul meurt : dix ans ont passé. Tiphaine, oisif dans sa tour, s'ennuie de n'avoir pas tué quelqu'un depuis longtemps, il a mis l'effroi autour de lui : cependant Jacques, lord d'Angus, lui annonce qu'il veut le tuer suivant la promesse qu'il a faite à l'aïeul. L'endroit choisi pour le champ clos est farouche et sauvage. Angus est presque une femme, en tout cas un enfant. Tiphaine est droit sous l'armure saxonne, sa visière le masque. Grave, il avance, avec un aigle sur son casque. Le combat commence, Tiphaine ne riposte pas d'abord, puis, tout à coup, il s'abat sur le jeune Angus et le poursuit avec acharnement. Mettant son cheval au galop, il l'atteint dans un ravin, tombe sur l'enfant et le tue.

> Alors l'aigle d'airain qu'il avait sur son casque,
> Et qui, calme, immobile et sombre, l'observait,

prend à témoin le ciel et la terre que cet homme est méchant.

> Et cela dit, ainsi qu'un piocheur fouille un champ,
> Comme avec sa cognée un pâtre brise un chêne,
> Il se mit à frapper à coups de bec Tiphaine ;
> Il lui creva les yeux, il lui broya les dents,
> Il lui pétrit le crâne en ses ongles ardents
> Sous l'armet d'où le sang sortait comme d'un crible,
> Le jeta mort à terre et s'envola terrible.

(La Légende des Siècles.)

A côté :

L'Enlèvement de Cosette, d'ÉMILE BAYARD. — Jean Valjean devenu M. Madeleine a promis à la mère de Cosette, Fantine, qui est morte, de retirer son enfant des mains de Thénardier. L'aubergiste y consent moyennant un salaire. Puis il se ravise et rejoint Jean Valjean et Cosette dans le bois de Montfermeil. Il veut exiger une nouvelle somme.

> « Je reprendrai Cosette ou vous me donnerez mille écus. »
> L'étranger dit tranquillement : Viens, Cosette. Il prit Cosette de la main gauche, et de la droite il ramassa son bâton qui était à terre.
> Le Thénardier remarqua l'énormité de la trique et la solitude du lieu. »

(Les Misérables.)

Adam et Ève après le meurtre d'Abel, par ROCHEGROSSE.

> Et là, sans qu'il sortît un souffle de leur bouche,
> Les mains sur leurs genoux et se tournant le dos,
> Accablés comme ceux qui portent des fardeaux.
> . . . .

Ils songeaient, et, rêveurs, sans entendre, sans voir,
Sourds aux rumeurs des mers d'où l'ouragan s'élance,
Toute la nuit dans l'ombre ils pleuraient en silence,
Ils pleuraient tous les deux, aïeux du genre humain,
Le père sur Abel, la mère sur Caïn.

(Les Contemplations.)

A droite du buste de Victor Hugo :

Le Sauvetage des enfants, de MAILLART (*Quatre-vingt-treize*). — Le marquis de Lantenac est parvenu à se sauver de son château qui est la proie des flammes, mais il avait pris comme otages les enfants de la Flécharde, et les petits sont menacés de périr dans l'incendie. La malheureuse mère, la Flécharde, affolée, les réclame. Le marquis qui s'enfuyait en eut pitié.

« Et il rentra dans la salle pleine de flammes. Georgette était restée seule. Il alla à elle. Elle sourit. Cet homme de granit sentit quelque chose d'humide lui venir aux yeux. Il demanda : Comment t'appelles-tu ?
— Orgette, dit-elle.
Il la prit dans ses bras, elle souriait toujours, et au moment où il la remettait à Radoub, cette conscience si haute et si obscure eut l'éblouissement de l'innocence, le vieillard donna à l'enfant un baiser. »

Les Rochers Douvres, à Guernesey.

« La Durande était saisie, suspendue et comme ajustée dans les deux roches à vingt pieds environ au-dessus du flot. Il avait fallu pour la jeter là une furieuse violence de la mer. »

C'est le moteur du bateau de mess Lethierry sauvé par Gilliatt dans les *Travailleurs de la mer*.

Gauvain dans sa prison, de MAILLART (*Quatre-vingt-treize*). — Lantenac jeté en prison va être exécuté. Gauvain le républicain, ému par la belle action de son oncle, l'a fait évader et a pris sa place. C'est la mort pour lui. Cimourdain, son ancien précepteur, vient le voir dans son cachot.

« O mon maître, voici la différence entre nos deux utopies. Vous voulez la caserne obligatoire, moi je veux l'école. Vous rêvez l'homme soldat, je rêve l'homme citoyen. Vous le voulez terrible, je le veux pensif. Vous fondez une République de glaives, je fonde...
Il s'interrompit :
— Je fonderais une république d'esprits.

. . . .

Cimourdain reprit : Société plus grande que nature. Je te l'ai dit, ce n'est plus le possible, c'est le rêve.

— C'est le but. »

Au-dessus :

La lyre de la Ligue des patriotes envoyée aux funérailles de Victor Hugo.

Sur le panneau à droite de la porte d'entrée, une glace au milieu. A gauche de la glace :

La Libération du territoire (1873) de Lix, (*l'Alsace et la Lorraine.*)

> . . . . Quoi! nous croire
> Affranchis, lorsqu'on met au bagne notre gloire,
> Quand on coupe à la France un pan de son manteau,
> Quand l'Alsace au carcan, la Lorraine au poteau
> Pleurent, tordent leurs bras sacrés et nous appellent.
>
> (*Toute la Lyre.*)

Au-dessous :

La Fiancée du Timbalier, de Henri Pille.

> Le duc n'est pas loin : ses bannières
> Flottent parmi les chevaliers ;
> Quelques enseignes prisonnières,
> Honteuses, passent les dernières...
> Mes sœurs, voici les timbaliers.
>
> Elle dit, et sa vue errante
> Plonge, hélas! dans les rangs pressés ;
> Puis, dans la foule indifférente,
> Elle tomba froide et mourante...
> Les timbaliers étaient passés.
>
> (*Odes et Ballades.*)

La Grand'Mère, d'Adrien Marie, du *Théâtre en Liberté.*

A droite de la glace :

Les Misérables, de Lix. — Frontispice du roman. Jean Valjean et Fantine.

La Trompette du jugement, de Chifflart. — L'artiste a écrit ces mots : « Je désire que cette idée du maître, trop faiblement rendue, lui soit offerte par Mme Drouet. »

Dans les nuées on voit un archange souffler dans une trompette.

Au fond de l'immanent et de l'illimité,
Parfois dans les lointains sans nom de l'Invisible,
Quelque chose tremblait de vaguement terrible,
Et brillait et passait, inexprimable éclair.

(*La Légende des Siècles.*)

SALLE DES PEINTURES

. C'est une vision lumineuse que cette salle décorée avec tant de goût, avec ses rideaux anciens, ses bandeaux au plafond d'une tonalité si harmonieuse et si douce. C'est une symphonie exquise de couleurs, une combinaison heureuse de vieux verts et de vieux rouges. Et peut-être trouverait-on dans l'entourage de M. Paul Meurice la main habile qui les a assemblés.

Au fond de cette salle, devant une draperie de velours rouge, se dresse sur un piédestal le buste de Victor Hugo, avec ces mots gravés : « A V. H., son ami, P. J. David, d'Angers, 1838. » Victor Hugo avait 36 ans. David était son statuaire, son ami, son admirateur. Victor Hugo l'aimait comme un frère. Il lui écrivait dans ses voyages, et lui consacrait, en 1828, des pièces de vers dans les *Feuilles d'Automne :*

Rival de Rome et de Ferrare,
Tu pétris pour le mortel rare
Ou le marbre froid de Carrare
Ou le métal qui fume et bout.

.   .   .   .

Honneur au sol que ton pied foule !
Un métal dans tes veines coule ;
Ta tête ardente est un grand moule
D'où l'idée en bronze jaillit.

Et plus tard, en 1840, dans *Les Rayons et les Ombres,* il adressait à son statuaire ces strophes :

Maître sévère et doux qu'éclairent à la fois,
Comme un double rayon qui jette un jour étrange,
Le jeune Raphaël et le vieux Michel Ange.

David témoignait son admiration à son poète « en pétrissant le marbre et le métal ». Alors que Victor Hugo habitait cette même maison, autrefois place Royale, aujourd'hui place des Vosges, il avait fait d'abord un buste en terre cuite de son ami, qui est actuellement à Angers, puis un moulage qui se trouve dans l'antichambre du second étage. Il avait vêtu son buste et emprisonné le cou dans un habit. Il en tira un marbre en 1838 et l'envoya à Victor Hugo. Mais il n'était pas entièrement satisfait. Et quand il le vit dans le salon de la place Royale, quelque chose le choqua. C'était cet habit, qui lui semblait enlever à son œuvre une partie de son caractère. Il exposa ses scrupules à Victor Hugo.

— Décidément il faut dégager le cou, enlever cet habit qui est déplaisant. Je reprends le buste, je le renverrai. Mais il faut absolument que je le déshabille.

Il le rendit plus tard à Victor Hugo après avoir opéré cette petite mutilation. Son âme d'artiste était rassurée. Mais il ne suffisait pas à son admiration de reproduire fidèlement son modèle, il tenait à le glorifier, et il fit un autre buste avec une couronne de laurier.

A l'époque du coup d'État, en 1851, Victor Hugo voulut mettre ses deux bustes à l'abri. Il confia celui qui est dans cette salle à Paul Meurice ainsi qu'un certain nombre de ses dessins et donna la garde de l'autre à M. Robelin, architecte, un ami intime. Quand il revint d'exil en 1870, Paul Meurice voulut lui rendre le buste et les dessins.

— Je fais reprendre, dit Victor Hugo, celui qui est chez Robelin; quant à l'autre, je vous le donne avec les dessins.

M. Paul Meurice l'a abandonné au musée, comme il a abandonné les livres, les dessins et aussi toutes les collections qu'il avait si patiemment, et on peut dire si amoureusement constituées.

Sur le piédestal de ce buste est une couronne d'argent doré, et sur le ruban en métal ces mots : *A Victor Hugo, la Comédie-Française, 1885.* C'est la couronne qui avait été envoyée par les Comédiens lors des funérailles de Victor Hugo. Elle est l'œuvre de Froment-Meurice.

A la mort du poète, le buste lauré appartint à Georges Hugo qui l'offrit à l'Institut.

LES ENCRIERS DE GUERNESEY

Au milieu de cette salle se trouve une table dans laquelle sont enchâssés quatre encriers.

Mme Victor Hugo avait fondé, à Guernesey, une œuvre, l'œuvre des layettes pour les femmes en couches. Il fallait l'alimenter chaque année. Mais les souscriptions étaient peu

La Salle des Peintures.

nombreuses, et on ne pouvait se procurer quelques ressources, assez modestes d'ailleurs, que par des ventes de charité. Mme Victor Hugo en avait organisé une en 1860. Et elle avait demandé à George Sand, à Lamartine, à Alexandre Dumas et naturellement à Victor Hugo un encrier auquel pût se rattacher un souvenir. Elle reçut les objets avec une lettre d'envoi. Victor Hugo les réunit sur une petite table Louis XIII et fit encadrer les lettres d'envoi : c'était une curiosité précieuse et rare ; mais la plupart des braves gens qui s'étaient rendus à cette vente ne parlaient pas un mot de français : et cette table à quatre encriers avec des cadres ne leur sembla pas un meuble très pratique ; elle ne trouva pas d'acquéreur. Victor Hugo l'acheta et la conserva à Hauteville-House.

L'encrier de George Sand est un encrier de voyage en palissandre avec un briquet.

Elle avait joint la lettre suivante :

Chère madame,

J'ai cherché depuis deux jours un encrier qui ne m'eût pas été donné par quelque trop chère personne, et je n'ai rien trouvé qu'un affreux petit morceau de bois qui me sert en voyage. Je le trouve si laid que j'y joins un petit briquet de poche guère plus beau, mais qui me sert habituellement, et comme c'est là ce que vous voulez, au moins votre véracité est bien à couvert.

J'ai été bien heureuse de vous voir et de pouvoir à présent vous dire à vous-même que je vous aime.

Soyez l'interprète de ma gratitude et de mon dévouement auprès de votre illustre compagnon.

GEORGE SAND.

L'encrier de Lamartine est en cristal rose couvert d'arabesques d'or avec ces mots :

Offert par Lamartine au maître de la plume.

LAMARTINE.

Celui d'Alexandre Dumas est une topette avec un porte-plume d'un sou et ces lignes :

Je certifie que ceci est l'encrier avec lequel j'ai écrit mes quinze ou vingt derniers volumes.

ALEXANDRE DUMAS.

Paris, 16 avril 1860.

Celui de Victor Hugo est gothique.

Je n'ai pas choisi cet encrier, le hasard l'a mis sous ma main et je m'en suis servi pendant plusieurs mois. Puisqu'on me le demande pour faire une bonne œuvre, je le donne volontiers.

VICTOR HUGO.

Hauteville-House, juin 1860.

Un observateur attentif et curieux pourrait tirer du caractère de ces encriers des indications sur la nature, la tournure d'esprit et les habitudes de ceux qui s'en sont servi.

La Table des encriers.

— Sur un piédestal, la tête de Victor Hugo qui a été modelée par DALOU, le lendemain de sa mort, le 23 mai 1885, avec ces mots gravés : *A Georges et à Jeanne.*

— Sur un autre piédestal, le moulage de la tête de Victor Hugo d'une statue de Rodin.

— Un banc fabriqué par Victor Hugo avec cette inscription : *Vive Ama,* vis! aime!

Sur les murs sont disposés des tableaux commandés par M. Paul Meurice et rappelant quelques-unes des grandes œuvres de Victor Hugo et aussi quelques-unes de ses batailles ou quelques grandes dates.

Sur le panneau à gauche en entrant :

Fantine abandonnée, par CARRIÈRE. l'héroïne des *Misérables*. L'image symbolique de la douleur résignée. Elle a été abandonnée par un jeune étudiant qu'elle aimait. C'était son premier amour. « L'amour est une faute. Soit. Fantine était l'innocence surnageant sur la faute. » Quand elle se sentit seule, elle pleura. Elle était sans ressources et elle avait un enfant ; partout repoussée parce qu'elle est fille-mère, elle est condamnée, par la rigueur des hommes, à devenir fille publique pour payer la pension de sa fille Cosette qu'elle a placée chez des aubergistes de Montfermeil. Et elle meurt sur un lit d'hôpital.

À côté :

Le Satyre, par FANTIN-LATOUR. — Au centre, une Vénus lumineuse trône sur une couche de nuées ; au-dessous d'elle, dans l'ombre de la terre, le satyre fourchu.

> Quand le satyre fut sur la cime vermeille,
> Quand il vit l'escalier céleste commençant,
> On eût dit qu'il tremblait, tant c'était ravissant !
> Et que, rictus ouvert au vent, tête éblouie
> A la fois par les yeux, l'odorat et l'ouïe,
> Faune ayant de la terre encore à ses sabots,
> Il frissonnait devant les cieux sereins et beaux.

Au-dessus, Jupiter et l'aigle ; à droite, un groupe de déesses mythologiques.

> Béant, il regardait passer, comme un essaim
> De molles nudités sans fin continuées,
> Toutes les nudités que nous nommons nuées.

(*La Légende des Siècles.*)

Le portrait de Victor Hugo, par LÉON BONNAT, qui a été fait en 1879. quand le poète avait 77 ans.

Sara la baigneuse, par HENNER.

> Sara, belle d'indolence.
> Se balance
> Dans un hamac, au-dessus
> Du bassin d'une fontaine
> Toute pleine
> D'eau puisée à l'Ilyssus ;

Et la frêle escarpolette
  Se reflète
Dans le transparent miroir,
Avec la baigneuse blanche
  Qui se penche,
Qui se penche pour se voir.

(Les Orientales.)

Buste de Victor Hugo, par Rodin.

La Fête du 27 février 1881, par Raffaelli. — Une fête et une date mémorables. Le peuple de Paris célébrait l'entrée de Victor Hugo dans ses quatre-vingts ans. Dans le fond : la maison de l'avenue d'Eylau, 130. Au premier étage : Victor Hugo avec ses petits-enfants; des oriflammes dans les arbres dénudés, la foule des délégations avec drapeaux et bannières; sur la chaussée, un monceau de bouquets et de couronnes, un peuple pressé au loin faisant retentir ses vivats.

En poursuivant, sur le panneau qui fait face à la place des Vosges :

Jean Valjean devant la cour d'assises d'Arras, par DEVAMBEZ. *(Les Misérables).* — Jean Valjean apprend qu'un nommé Champmathieu comparaît devant les juges, comme étant le forçat Jean Valjean lui-même. C'est donc un innocent qui va être condamné. Un remords le saisit. Se taira-t-il? Se dénoncera-t-il? C'est la tempête sous un crâne. S'il parle, il va perdre le bénéfice de dix ans d'honnêteté; s'il se tait, il pourra continuer une vie de probité et être affranchi pour toujours des soupçons et des poursuites. Il s'interroge, il calcule, il hésite, mais sa conscience lui reproche cette iniquité et cette lâcheté; et, entraîné par une sorte de mouvement inconscient, il se rend à la Cour d'assises. Et il prononce ces paroles :

« Messieurs les jurés, faites relâcher l'accusé; monsieur le président, faites-moi arrêter. L'homme que vous cherchez ce n'est pas lui, c'est moi. Je suis Jean Valjean. »

La Veillée funèbre, par ROLL. — L'avant-veille des funérailles, le cercueil qui renfermait le corps de Victor Hugo fut transporté à l'Arc de Triomphe. Sous la grande arche faisant face à l'avenue des Champs-Élysées se dresse le catafalque, dans une clarté lumineuse d'apothéose. Il est surélevé de douze marches et touche presque à la voûte. Du sommet du monument tombent deux voiles de crêpe aux étoiles d'argent. Autour, sur le rond-point, l'obscurité, la nuit noire rendue plus grandiose et plus sinistre par les flammes vertes des lampadaires; au pied du cénotaphe, les cuirassiers avec des torches dont la lueur rouge fait reluire l'acier et le cuivre des casques; autour, la foule immense.

L'effet est saisissant et poignant dans sa grandeur tragique.

La Litière du Cardinal, par BOULANGER (5ᵉ acte, scène VII).

La litière gigantesque du cardinal est portée par vingt-quatre gardes à pied, entourés par vingt autres gardes tenant des hallebardes et des torches. Elle est écarlate et armoriée aux armes de la maison de Richelieu. Les rideaux de la litière sont fermés. Le cardinal revient après avoir assisté à l'exécution.

MARION, *debout, échevelée.*

Regardez tous! voilà l'homme rouge qui passe!

(Marion de Lorme. Acte V, scène VII.)

Au-dessous :

Le sacre de la femme, par PAUL BAUDRY.

> Ève offrait au ciel bleu la sainte nudité,
> Ève blonde admirait l'aube, sa sœur vermeille.
> Chair de la femme! argile idéale! ô merveille!
> O pénétration sublime de l'esprit,
> Dans le limon que l'être ineffable pétrit!
>
> .   .   .   .
>
> Et pâle, Ève sentit que son flanc remuait.

(Le Sacre de la femme. — Légende des Siècles.)

Une larme pour une goutte d'eau, par LUC-OLIVIER MERSON.
— Une des scènes les plus saisissantes, les plus touchantes et en
même temps les plus tragiques de **Notre-Dame de Paris**. Quasimodo, le monstre repoussant, est condamné au pilori pour
tentative d'enlèvement; il est sur la plate-forme du monument
de torture; la foule est là, grouillante, avec des gestes de provo-
cation, des attitudes de défi, des airs de menace et des expressions de sarcasme, tandis qu'à l'horizon se profilent les tours
de Notre-Dame et un quartier de Paris. Elle insulte Quasimodo.
Mais Esmeralda, la danseuse des carrefours, suivie de sa chèvre
blanche, paraît :

> « Elle s'approche, sans dire une parole, du patient, et détachant
> une gourde de sa ceinture elle la porte doucement aux lèvres avides
> du misérable.
>
> Alors, dans cet œil jusque-là si sec et si brûlé, on vit rouler une
> grosse larme qui tomba lentement le long de son visage difforme et
> longtemps contracté par le désespoir.
>
> .   .   .   .
>
> Le peuple lui-même en fut saisi et se mit à battre des mains en
> criant : Noël! Noël! »

(Notre-Dame de Paris.)

Mort de Gilliatt, de CHIFFLART *(Travailleurs de la mer)*.

> « On ne voyait plus que sa tête.
> La mer montait avec une douceur sinistre...
> L'œil de Gilliatt, attaché au loin sur le sloop, restait fixe.
>
> .   .   .   .

Dans cette prunelle tragique et calme, il y avait de l'inexprimable, le regard contenait toute la quantité d'apaisement que laisse le rêve non réalisé. C'était l'acceptation lugubre d'un autre accomplissement. »

C'est Gilliatt qui se laisse mourir n'ayant pas pu épouser Déruchette qui part sur un navire avec celui qu'elle aimait.

« A l'instant où le navire s'effaça à l'horizon, la tête disparut sous l'eau.
Il n'y eut plus rien que la mer. »

Au-dessous :

Victor Hugo, fusain de BASTIEN LEPAGE.

Éviradnus, par GRASSET. Éviradnus engage un combat avec les deux rois Ladislas et Sigismond au moment où ils vont jeter dans une oubliette la marquise Mahaud pour se partager ses états. Il tue Ladislas mais, désarmé, il se sert du cadavre pour faire reculer Sigismond qui se précipite sur lui.

> Il brandit le roi mort comme une arme, il en joue,
> Il tient dans ses deux poings les deux pieds et secoue
> Au-dessus de sa tête en murmurant : Tout beau !
> Cette espèce de fronde horrible du tombeau,
> Dont le corps est la corde et la tête la pierre.
> Le cadavre éperdu se renverse en arrière
> Et les bras disloqués font des gestes hideux.

> (*La Légende des Siècles.*)

Sur le panneau qui fait face à la porte d'entrée, au coin à gauche du buste :

Les Burgraves par ROCHEGROSSE. — *Hernani* avait été la première bataille en 1830. *Les Burgraves* ont été la dernière, en 1843, bataille ardente, passionnée, qui devait être, cinquante-neuf ans plus tard, au centenaire du poète, couronnée d'un éclatant triomphe à la Comédie-Française. Le peintre a reproduit la scène de l'entrée de Frédéric Barberousse lorsqu'il vient jeter à la face des Burgraves son titre d'empereur, et au moment où Magnus va se précipiter sur lui avec Hatto et la masse armée qui les environne. Debout sur le porche, le vieux Job, grave et imposant, arrête, d'un geste d'apaisement, les révoltés.

La mort de Baudin, par JEAN-PAUL LAURENS. — Un des épisodes sanglants du coup d'État de 1851 au faubourg Saint-Antoine :

« La barricade répondit par une décharge, mais elle ne pouvait tenir. Elle fut emportée.

Buste de Victor Hugo, par DAVID D'ANGERS.

Il était resté debout à sa place de combat sur l'omnibus. Trois balles l'atteignirent. Une le frappa de bas en haut à l'œil droit et pénétra dans le cerveau. Il tomba. »

(Histoire d'un crime.)

A côté est le buste de Victor Hugo de DAVID D'ANGERS dont nous avons parlé.

Puis, **La première d'Hernani au Théâtre-Français le 25 février 1830, par** BESNARD. — M. Besnard nous montre la salle quelques instants avant le lever du rideau. C'est la minute agitée, fiévreuse : les deux camps sont en présence dans une atmosphère d'orage. D'un côté, les amis de l'auteur : Gérard de Nerval, Pétrus Borel, Théophile Gautier, alors âgé de dix-neuf ans, avec le fameux gilet rouge, Balzac, Alfred de Musset, Berlioz, dans l'attitude de gens qui vont monter à l'assaut et qui semblent braver leurs adversaires. Sur le devant de la scène un jeune-france qui gesticule et qui déclame : tassés à l'orchestre, les classiques aux crânes dénudés, ceux qu'on a nommés les glabres, par opposition aux romantiques qui portent des cheveux longs et des barbes, ceux-là plus calmes avec des allures de dédain ou d'indifférence.

C'est un mélange de vareuses, d'habits, de feutres et de chapeaux de soie.

Dans un coin du tableau, le mot espagnol *Hierro* qui signifie *fer*, devise symbolique, timbrée sur le billet qui permettait aux amis de se reconnaître. Dans les loges et au balcon, un public plus calme de femmes élégantes.

Mais dans toute cette salle, des physionomies expressives traduisant, suivant le tempérament, l'ironie, la bravade ou la colère. On sent comme des grondements sourds avant la bataille. Cette soirée historique a été rendue avec une exactitude et un soin minutieux de détails. C'est une reconstitution saisissante de cette belle époque ; on luttait, on s'injuriait, on se battait, mais on avait de beaux emportements et de chauds enthousiasmes : on vivait.

Don César de Bazan, par ROYBET. — Il porte un verre à ses lèvres, le corps rejeté en arrière, le manteau dénoué ; de la crânerie, de la jactance et de l'ironie.

« Tous les gueux, dit Paul de Saint-Victor, tous les gitanes, tous les aventuriers de Castille se sont incarnés dans ce chevalier de joyeuse figure.

Que de jactance et que de folie ! Que de grandesse sous sa misère ! Sa gaieté est inextinguible ; sa moquerie lance des rayons, son ironie a des ailes. La cape en dents de scie de ce zingaro sème une pluie de perles…

On dirait toute la gueuserie de Callot résumée en un type unique. »

DON SALLUSTE

Une marquise
Me disait l'autre jour en sortant de l'église :
— Quel est donc ce brigand, qui, là-bas, nez au vent,
Se carre, l'œil au guet et la hanche en avant,
Plus délabré que Job et plus fier que Bragance,
Drapant sa gueuserie avec son arrogance,
Et qui, froissant du poing sous sa manche en haillons,
L'épée à lourd pommeau qui lui bat les talons,
Promène, d'une mine altière et magistrale,
Sa cape en dents de scie et ses bas en spirale ? —

DON CÉSAR, *jetant un coup d'œil sur sa toilette.*

Vous avez répondu : C'est ce cher Zafari !

DON SALLUSTE

Non. J'ai rougi, monsieur.
(*Ruy Blas*, acte Ier, scène II.)

Sur le panneau en bordure de la place des Vosges.

Les Pauvres gens, de STEINLEN. — L'homme revient de la
pêche, le temps a été dur, et il a cinq enfants et une femme à
nourrir. Mais on est si heureux de se retrouver ! La femme
annonce au marin que la voisine est morte laissant deux petits.
Que faire ? Les prendre, dit l'homme, on travaillera. Le bon
Dieu nous fera prendre plus de poisson.

Moi je boirai de l'eau, je ferai double tâche.
C'est dit, va les chercher ; mais qu'as-tu ? ça te fâche ?
D'ordinaire, tu cours plus vite que cela.
— Tiens, dit-elle en ouvrant les rideaux, les voilà !

(*La Légende des Siècles.*)

Le Titan, par CABANEL. — C'est le géant Phtis jeté dans un
souterrain et lié d'une corde d'airain qui est sorti de sa prison
où l'ont enfermé les maîtres de l'Olympe et qui monte, sinistre,
à l'horizon.

Alors le Titan, grave, altier, portant les marques
De tonnerres sur lui tant de fois essayés,
Ayant l'immense aspect des sommets foudroyés
Et la difformité sublime des décombres,
Regarda fixement les Olympiens sombres,
Stupéfaits sur leur cime au fond de l'éther bleu
Et leur cria, terrible : O dieux, il est un Dieu !

(*La Légende des Siècles.*)

Cambronne, grisaille, par BAYARD.

« Alors ému, tenant la minute suprême suspendue au-dessus de ces hommes, un général anglais, Colville selon les uns, Maitland selon les autres, leur cria : Braves Français, rendez-vous! Cambronne répondit : *Merde!*

(Les Misérables.)

Hernani, par LOUIS-ÉDOUARD FOURNIER.

DONA SOL, à don Ruy Gomez.

Voyez-vous ce poignard? — Ah! vieillard insensé,
Craignez-vous pas le fer quand l'œil a menacé?
Prenez garde, don Ruy! — Je suis de la famille,
Mon oncle! — Écoutez-moi. Fussé-je votre fille,
Malheur si vous portez la main sur mon époux!

(Hernani. Acte V. scène VI.)

Après la bataille, grisaille, par LUCIEN MÉLINGUE.

Le général Hugo parcourait le champ de bataille. Un Espagnol de l'armée en déroute est là gisant, râlant, à moitié mort ; il demande à boire, et le général dit au hussard qui l'accompagnait en détachant sa gourde : « Donne à boire à ce pauvre blessé » ; mais l'homme se redressa et visa au front le général qu'il effleura.

« Donne-lui tout de même à boire, » dit mon père.

(La Légende des Siècles.)

Claude Gueux, par RIOULT. — Un des plaidoyers de Victor Hugo en faveur de l'abolition de la peine de mort.

Claude Gueux, ouvrier, d'une nature noble, vit avec une femme et un enfant. La misère le pousse au vol ; et la prison au crime par l'imprévoyance de la société.

« L'ouvrier était capable, habile, intelligent, fort maltraité par l'éducation, fort bien traité par la nature, ne sachant pas lire et sachant penser. Un hiver l'ouvrage manque. Pas de feu ni de pain dans le galetas. L'homme, la fille et l'enfant auront froid et faim. L'homme vola. Je ne sais ce qu'il vola, je ne sais où il vola. Ce que je sais, c'est que de ce vol il résulta trois jours de pain et de feu pour la femme et pour l'enfant, et cinq ans de prison pour l'homme. »

(Claude Gueux.)

De la salle des peintures on entre dans la salle des estampes et de la **bibliothèque**.

SALLE DE LA BIBLIOTHÈQUE ET DES ESTAMPES

LES ESTAMPES

Lorsque vous entrez dans cette salle, vous trouvez sur le panneau de droite toute une série de portraits, lithographies et photographies de Victor Hugo, depuis 1827 jusqu'à 1885, l'année de sa mort.

Tout au bout du panneau une lithographie de Maurin, de 1827, l'année de l'Ode à la Colonne et de Cromwell, de

Victor Hugo, par Devéria.

cette grande croisade littéraire qui constituait Victor Hugo chef d'école. Il avait vingt-cinq ans.

— Les lithographies de Devéria, de 1828 et 1829, les années des **Voix intérieures**, des **Orientales**, de **Marion De Lorme**. Victor Hugo avait vingt-six et vingt-sept ans.

De 1829 à 1832 aucun portrait n'est encadré.

Les photographies faites par son fils aîné Charles Hugo à

Jersey pendant l'exil, datent de 1853, 1854, 1855, quand Victor Hugo avait cinquante-et-un ans, cinquante-deux ans et cinquante-trois ans. Elles se trouvent tout près de la porte d'entrée. Ce sont les années de la publication des **Châtiments**, les années où furent écrites les **Contemplations** et une partie de la **Légende des Siècles**.

A côté : deux petites têtes de Victor Hugo par Rodin, eau-forte achetée à la vente de Champfleury,

— Un portrait, d'après une photographie de Nadar, daté de 1864. Victor Hugo avait soixante-deux ans. Il porte sa barbe qu'il avait laissé pousser en 1861 à la suite d'une série de maux de gorge. C'est l'année de WILLIAM SHAKESPEARE.

Dans le grand cadre du milieu figurent les photographies de 1868, 1873, 1878, 1884, 1885 à l'âge de soixante-six ans, de soixante-et-onze ans, de soixante-seize ans, de quatre-vingt-deux et de quatre-vingt-trois ans, l'année de sa mort.

Signalons, à côté du panneau des portraits : deux aquarelles d'EUGÈNE DELACROIX, personnages d'**Amy Robsart**, et au-dessus quatre aquarelles de GAVARNI et deux aquarelles de BOULANGER. le page IAQUEZ d'*Hernani*, un seigneur de *Lucrèce Borgia*, et un portrait d'ALEXANDRE DUMAS, jeune, de DEVÉRIA avec ces mots : A mon excellent Victor, A. Dumas.
De l'autre côté de la Bibliothèque, à gauche, des dessins de Victor Hugo gravés par Louis Marvy, notamment :

Le Chat, (St Goarshausen), dessin de Victor Hugo envoyé à son fils Toto (François-Victor).

Victor Hugo faisait en 1838 le voyage du Rhin et il dessinait tous les monuments, paysages, ruines qui lui paraissaient intéressants, en même temps qu'il racontait et décrivait tout ce qu'il avait vu dans des lettres qui ont été publiées sous le titre *Le Rhin*. Voici le passage qui se rapporte à ce dessin :

« Au douzième siècle, il n'y avait là qu'un petit burg, toujours guetté et fort souvent molesté par un gros château fort situé une demi-lieue plus loin qu'on appelait le Chat (*die Katze*), par abréviation du nom de son seigneur Katzenillenbogen. Kuno de Falkenstein, à qui le chétif burg de Velmich échut en héritage, le fit raser et construisit à la même place un château beaucoup plus grand que le château voisin en déclarant que *désormais ce serait la souris qui mangerait le chat.* »

(Le Rhin.)

A une demi-lieue il y a en effet une énorme ruine qui s'appelle *la Souris*.

On compte cinquante-six dessins de Victor Hugo dans le volume illustré du *Rhin*.

— Une gravure représentant un tambour battant le Rappel de CHIFFLART. Le *Rappel* était le journal que publièrent les fils de Victor Hugo, Paul Meurice et Auguste Vacquerie, le 4 mai 1869.

— **Le Rocher des proscrits.**

Jersey, 1852-1855
V. H.

Ces mots ont été écrits par Victor Hugo.

Les Fantômes, aquarelle de LOUIS BOULANGER.

> Un spectre au rire affreux à sa morne toilette
> Préside au lieu de mère, et lui dit : Il est temps !
> Et, glaçant d'un baiser sa lèvre violette,
> Passe les doigts noueux de sa main de squelette
> Sur ses cheveux longs et flottants.
>
> Puis, tremblante, il la mène à la danse fatale.

(*Les Orientales.*)

Sur le panneau du fond, faisant face à la porte :

Un beau tableau de CHATILLON, **Victor Hugo et son second fils François-Victor**, de 1834. Victor Hugo avait trente-deux ans.

A droite du tableau : **Sara la baigneuse** (*Orientales*) de FANTIN-LATOUR.

Le cinquantenaire d'Hernani, d'ADRIEN MARIE, le 26 février 1880. — Le buste de Victor Hugo est couronné sur la scène de la Comédie-Française; de chaque côté, Mme Favart et Mme Sarah Bernhardt; derrière le buste se trouvent les artistes qui ont joué dans la représentation. Sarah Bernhardt récita à cette occasion les vers de François Coppée, *La Bataille d'Hernani*.

A côté :

Une curieuse lithographie de CÉLESTIN NANTEUIL, de 1835, **La Fiancée du Timbalier.**

L'Égyptienne sacrilège,
M'attirant derrière un pilier,
M'a dit hier (Dieu nous protège !)
Qu'à la fanfare du cortège
Il manquerait un timbalier.

Mais j'ai tant prié que j'espère !
Quoique, me montrant de la main
Un sépulcre, son noir repaire,
La vieille aux regards de vipère
M'ait dit : — Je t'attends là demain.

(Odes et Ballades.)

La Ronde du Sabbat, de Louis Boulanger, (lithographie).

Les larves, les dragons, les vampires, les gnômes,
Des monstres dont l'enfer rêve seul les fantômes,
La sorcière, échappée aux sépulcres déserts,
Volant sur le bouleau qui siffle dans les airs,
Les nécromants, parés de tiares mystiques
Où brillent, flamboyants, les mots cabalistiques,
Et les graves démons, et les lutins rusés,
Tous, par les toits rompus, par les portails brisés,
Par les vitraux détruits que mille éclairs sillonnent,
Entrent dans le vieux cloître où leurs flots tourbillonnent.
Debout au milieu d'eux, leur prince Lucifer
Cache un front de taureau sous la mitre de fer.

(Odes et Ballades.)

Sara la baigneuse, de Louis Boulanger.

A gauche du tableau de Victor Hugo par Chatillon :

Les Châtiments, de Daumier.

La foudre des châtiments écrase l'aigle impériale gisant sous le livre.

A Paul Meurice.

Victor Hugo.

Le Feu du Ciel, de Boulanger, avec ces mots :

A Victor, mon inoubliable ami.

Boulanger.

Ce poème est inspiré de la Genèse : alors le Seigneur fit descendre du ciel sur Sodome et Gomorrhe une pluie de soufre et de feu.

Ce peuple s'éveille,
Qui dormait la veille
Sans penser à Dieu.
Les grands palais croulent,
Mille chars qui roulent
Heurtent leur essieu ;
Et la foule accrue
Trouve en chaque rue
Un fleuve de feu.

(Les Orientales.)

Photographie de Victor Hugo, prise par CHARLES HUGO.

Trois portraits :

Portrait de Dumas jeune.

A mon bien cher Victor.
ALEX DUMAS.

Portrait de Lincoln, président des États-Unis.

To Victor Hugo.

Portrait de George Sand.

A Victor Hugo.
GEORGE SAND, 1864.

Sur le panneau des fenêtres :

Les Fantômes, de Louis BOULANGER.

> Elle est morte à quinze ans, belle, heureuse, adorée,
> Morte au sortir d'un bal qui nous mit tous en deuil,
> Morte, hélas! et des bras d'une mère égarée,
> La mort aux froides mains la prit toute parée
> Pour l'endormir dans le cercueil.

> *(Les Orientales.)*

Une grande aquarelle :

Lucrèce Borgia (Scène v du Ier acte), aquarelle de BOULAN-GER. — C'est la scène des affronts, quand Lucrèce Borgia entend Maffio Orsini lui reprocher la mort de son frère, Jeppo Live-retto, l'accuser d'avoir fait poignarder son oncle, Ascanio Pe-trucci, lui rappeler l'assassinat de son cousin, Oloferno Vitellozo, lui jeter à la face l'empoisonnement de son oncle, Don Apostolo Gazella, fils de Don Alphonse d'Aragon, la convaincre du meurtre de son père.

Et ils lui lancent les mots d'empoisonneuse, d'adultère, d'inceste.

MAFFIO

Gennaro, veux-tu savoir son nom ?

DONA LUCREZIA

N'écoute pas, mon Gennaro.

MAFFIO, *étendant le bras.*

C'est Lucrèce Borgia.

Au-dessus, **la Couronne**, offerte par les Tchèques lors du centenaire de Victor Hugo et qui a figuré au pied du monument le 26 février 1902 ; puis, **la Grand'Mère**, **Une fée** et le **Sylphe** des *Odes et Ballades*, estampes allemandes de JULES HELBIG.

— La tête de Victor Hugo dans un ciel étoilé et **Notre-Dame de Paris**, par HONER. Fantaisie publiée dans la *Revue Illustrée* de 1897, en tête d'un article de M. Ad. Brisson sur la collection du musée populaire de M. Paul Beuve.

— Au-dessous d'une gravure, un enfant conduisant Bélisaire, Victor Hugo a écrit ces vers :

Aveugle comme Homère et comme Bélisaire,
N'ayant plus qu'un enfant pour guide et pour appui,
La main qui donnera du pain à sa misère,
Il ne la verra pas, mais Dieu la voit pour lui.

LA BIBLIOTHÈQUE

Dans les armoires sont rangées et magnifiquement reliées toutes les éditions originales des œuvres de Victor Hugo.

Cette collection unique a été constituée grâce aux recherches longues, patientes, obstinées de M. Paul Meurice. On ne saura jamais avec quelle passion, quel noble désintéressement et quelle ardeur de chercheur et d'érudit, Paul Meurice a rassemblé toutes les éditions recueillies un peu partout, et aussi au hasard des ventes et des communications de correspondants.

Le premier livre que lui donna Victor Hugo date de 1842. Il avait écrit dans *l'Artiste* un article très élogieux sur le *Rhin;* Victor Hugo, pour le remercier, lui en envoya un exemplaire.

DANS LES VITRINES :

— Un des livres les plus curieux est le **Tacite** de Victor Hugo, son Tacite de classe, daté de 1805, un de ses auteurs favoris, qui lui rappelait son beau temps, quand il était jeune.

Oh! que j'étais heureux! oh! que j'étais candide!
En classe, un banc de chêne usé, lustré, splendide,
Une table, un pupitre, un lourd encrier noir,
Une lampe, humble sœur de l'étoile du soir,
M'accueillaient gravement et doucement. Mon maître,
Comme je vous l'ai dit souvent, était un prêtre
A l'accent calme et bon, au regard réchauffant,
Naïf comme un savant, malin comme un enfant,
Qui m'embrassait, disant, car un éloge excite :
— Quoiqu'il n'ait que neuf ans, il explique Tacite. —

C'est son Tacite qu'il expliquait en 1811 ; il le donna à un ami en 1833. Il a écrit ces mots sur la couverture : *Ce livre est mon Tacite de classe. Je l'ai donné à M. J. Belin en souvenir de Victor Hugo.*

17 février 1833.

Et M. J. Belin, pour que nul n'en ignore, ajoute : Donné par Victor Hugo. J. B.

Mais Victor Hugo avait emporté ce Tacite en Espagne en 1811

lorsqu'il alla rejoindre son père, alors aide de camp du roi Joseph, et il le traduisit au collège des Nobles de Madrid, dans ce collège de moines qui lui a laissé d'assez fâcheux souvenirs. Il avait de petits camarades, notamment Frasco comte de Belverana, et un nommé Elespuru, assez malpropre, difforme et grotesque, qui n'avaient guère de tendresse pour les petits Français, les fils des envahisseurs. Il eut plusieurs disputes avec ces jeunes Espagnols, et il en conserva une rancune si tenace qu'il fit de Frasco le Gubetta de *Lucrèce* et d'Elespuru un des quatre fous de *Cromwell*.

On lit sur la garde de la couverture de son Tacite les noms de Elespuru, et Elespourou, suivant la prononciation espagnole. Il avait aussi traduit son nom et celui de son frère en espagnol : Bittor de Hugo, Eugenio de Hugo. Tous les petits Espagnols avaient la particule; et, sans doute pour se moquer des camarades, il n'avait trouvé rien de mieux que de s'offrir une particule.

— Trois plaquettes fort intéressantes des œuvres du début, quand Victor Hugo, alors âgé de seize ans, concourait à l'Académie des Jeux floraux. Ces plaquettes sont de 1818, 1820, 1821.

— Les trois volumes du *Conservateur Littéraire,* collection rare.

Le Conservateur Littéraire était une revue bi-mensuelle qui fut publiée par Victor Hugo et son frère Abel de 1819 à 1821. Il avait près de dix-huit ans; il y écrivit, sous onze signatures différentes, des nouvelles, des articles, des variétés, de la critique; à cette époque, il s'était épris d'Adèle Foucher, de celle qui devait plus tard être sa femme. Les deux familles s'étaient opposées tout d'abord au mariage, et les relations, comme la correspondance, furent interrompues. Victor Hugo en conçut un vif chagrin, et le *Conservateur Littéraire* devint, pour ainsi dire, le messager de son cœur. Il disait là ce qu'il ne pouvait plus écrire à celle qu'il aimait, et il publia l'histoire de *Raymond d'Ascoli,* jeune poète disciple de Pétrarque, qui, vers le milieu du xive siècle, devint amoureux d'Emma Giovanna Stravaggi. Le père, ayant découvert cette passion, le chassa, et Raymond, désespéré, se donna la mort. Il avait dix-huit ans.

Le sujet s'adaptait merveilleusement à son état d'esprit comme il traduisait ses angoisses, et il publia cette élégie, assuré qu'Adèle la lirait et serait ainsi fixée sur la fidélité obstinée de son amour. C'est dans ce recueil qu'il fit paraître *Bug-Jargal*.

Un volume des *Contemplations*, donné par Georges et Jeanne, volume unique, avec des autographes en prose et en vers, une peinture de Louis Boulanger représentant Léopoldine dans un cadre tenu par deux anges, des portraits de Léopoldine et d'Adèle, des photographies de Victor Hugo faites par Charles Hugo : Victor Hugo sur la grève de Marine Terrace à Jersey, sa première chambre à Guernesey, son jardin.

Ce volume avait été offert à Mme Victor Hugo, les autographes et les dessins recueillis par M. Paul Meurice.

Les pièces de vers de Lamartine, de Paul Meurice, de Vacquerie, de Maxime Ducamp, etc., ont été publiées dans la *Couronne poétique*.

Voici les lettres inédites dans l'ordre où elles sont placées dans le volume.

Si j'étais peintre et qu'il me fallût faire le portrait de Mme V... H..., je m'écrirais (*sic*) : Raphaël, guide mon pinceau ! car il me faut peindre tout à la fois : la beauté! la chasteté, le pudique amour conjugal, la tendresse et le courage maternel, la résignation, la piété, l'épouse fidèle, dévouée et avec une sainte fierté digne de partager les malheurs d'une grande et illustre infortune !

..... C'est bien difficile à faire ?...

..... Mais c'est bien beau !

Frédérick Lemaitre.

1857.

A Madame Victor Hugo.

Madame,

Il est resté en France une quantité d'honnêtes gens qui sont les vieux exilés et qui prononcent chaque jour, à l'heure de la prière, à l'heure où l'on espère, le nom glorieux que vous portez.

Du fond de mon exil, madame, et du plus profond de mon cœur, je vous envoie à l'un et à l'autre toute ma sympathie et tout mon dévouement.

Avec tous mes respects,

Jules Janin.

Luxembourg Terrace, 1856.

Cher Hugo,

J'inscris ici mon pauvre nom, mais c'est celui d'un homme qui vous aime.

LOUIS BOULANGER.

Madame,

Je suis bien heureux de cette occasion de vous dire de *l'autre rivage* que vous êtes tous (j'entends votre famille) plus présents, plus chers que jamais.

La grande voix que vous savez est de plus en plus la voix *intérieure* de la France.

Je vous salue du cœur.

J. MICHELET.

Varennes, 24 juillet 1856.

A Madame Victor Hugo.

Madame,

Cette date est pour moi un double anniversaire.

Il y a aujourd'hui cinquante-quatre ans que je suis né : il y en a vingt-sept que je vous connais, que je vous aime, que je vous estime. Une moitié de ma vie, du moins, aura donc été bien employée, et ne sera pas perdue devant Dieu.

Voilà pour le premier anniversaire.

Voici maintenant pour le second.

Il y a aujourd'hui dix-sept ans, jour pour jour, que Victor, placé dans la chambre où je suis, écrivant à la table où je vous écris, regardant le clocher d'ardoise que je regarde à mon tour, saint obélisque s'élevant au milieu de cette grande place nue et cependant pleine de souvenirs, faisait cette observation qu'il datait de 1776, c'est-à-dire qu'il avait deux ans de plus que Madame Royale.

A propos de l'autre place de Varennes, à propos de la place de la Ville Haute, il avait fait cette observation pleine de terreur historique qu'elle avait la forme du fer de la guillotine.

C'est celle où a été arrêté Louis XVI. Maintenant, dites à notre cher Victor, Madame, que, pieux pèlerin, je viens de suivre la route qu'il a suivie, la même, moins pour y retrouver les souvenirs du Roi fugitif que celle de l'ami exilé. Dites-lui que ce voyage va m'être encore un prétexte de parler de lui à la France, à l'Europe et au monde, et de jeter pour la dixième fois mon cri de protestation contre celui qui a commis *le grand crime*, comme disait Dante, cet autre poète, cet autre exilé.

Mais dites-lui encore une chose qui sera autrement douce à son cœur que celle-ci, Madame, c'est que sur la trace où il a semé le bien, la reconnaissance a poussé.

Il y a à l'hôtel de Metz des voix qui chantent ses louanges et, ce qui vaut mieux encore devant le Seigneur, des cœurs qui le bénissent.

Dites-lui que l'on m'a montré la petite lampe de cuivre qu'il a ajoutée à la pyramide de cuivre et qu'on la garde comme une relique.

Seulement trois grands changements se sont, depuis son passage, opérés dans l'hôtel.

La belle jeune fille de dix-sept ans est mariée et est devenue mère.

L'enfant né à peine est aujourd'hui un grand garçon de vingt ans tout près de se marier à son tour, en apportant pour dot à sa fiancée les quinze ou vingt lignes que Victor Hugo a écrites sur sa maison et qui, pareilles au mot magique des *Mille et une Nuits* ont ouvert pour sa famille la porte d'un trésor.

Enfin la petite boule de plume est morte après avoir vécu quatorze ans, c'est-à-dire toute une longue vie de chardonneret.

Ainsi notre grand, notre cher, notre bien-aimé Victor a porté bonheur à tous, même aux petits oiseaux du bon Dieu.

Je n'ai plus de place que pour trois lignes, Madame ; par bonheur elles sont plus que suffisantes pour écrire ces mots :

Au revoir.

ALEX. DUMAS.

— Un exemplaire bien curieux de *Lucrèce Borgia*, c'est celui qui renferme une eau-forte de Célestin Nanteuil représentant la scène du banquet. L'éditeur avait refusé cette eauforte qui ne figure que dans cinq exemplaires, dont l'un est dans la bibliothèque du musée, dont un autre a appartenu à Charles Nodier.

— Une édition des *Orientales* avec un dessin de Théophile Gautier : *Sara la baigneuse.*

— Un exemplaire unique est l'édition originale de *Notre-Dame de Paris*, en deux volumes

Caricature de Victor Hugo, par DAUMIER.

de 1831, qui a coûté deux mille francs, et qui a été conservé, broché, dans une reliure en coffret.

— Des eaux-fortes de Célestin Nanteuil de *Bug-Jargal*, *Han d'Islande*, *Notre-Dame de Paris*.

— Quatre volumes bien précieux donnés par Victor Hugo à Paul Meurice, avec un dessin original du poète en tête de chaque volume.

La première *Légende des Siècles* : le dessin figure un burg avec un fleuve bleu au pied ; au bas cette dédicace : Au poète exquis, au cœur grand et charmant, à Paul Meurice, Victor Hugo.

Les *Contemplations*, premier volume : le dessin représente la tombe de sa fille Léopoldine ; au fond, une croix ; au bas, le mot *France*.

Les *Contemplations*, second volume : le dessin représente un bateau battu par la tempête : Guernesey 1858 et le mot : *exil*.

Les *Chansons des Rues et des Bois*, avec un dessin : un nid, avec un oisillon qui appelle, et la mère qui vole à tire d'aile, sortant d'un nuage, pour regagner son logis. Beau comme une eau-forte. A Paul Meurice, Victor Hugo. Hauteville-House. 1er janvier 1868.

Au milieu de la salle :

LE VASE DE SÈVRES

Le vase de Sèvres. Le 25 février au soir, à l'occasion de la fête de Victor Hugo en 1881, pour la célébration de son entrée dans sa quatre-vingtième année, M. Jules Ferry, président du Conseil des Ministres, apportait au poète, au nom du gouvernement, un vase de Sèvres peint par Fragonard et prononçait ces paroles :

« Les manufactures nationales ont été instituées à l'origine pour offrir des présents aux souverains. La République offre aujourd'hui ce vase à un souverain de l'esprit. »

ESCALIER DU PREMIER AU SECOND ÉTAGE

Souper chez la Esmeralda, aquarelle de TONY JOHANNOT. Gringoire, après avoir été conduit par les manchots et les culs-de-jatte de la cour des Miracles devant le roi de Thunes, aurait eu la corde passée au cou si la Esmeralda, pour sauver le malheureux, n'avait consenti à le prendre comme mari platonique.

« La jeune fille assise devant lui le regardait en silence, visiblement préoccupée d'une autre pensée à laquelle elle souriait de temps en temps, tandis que sa douce main caressait la tête intelligente de la chèvre mollement pressée entre ses genoux.

(Notre-Dame de Paris.)

Caricature de Victor Hugo, par Benjamin.

Hermina (La déclaration), de Willette.

« Je pris un air profond et je lui dis : — Minette,
Unissons nos destins, je demande ta main...
Elle me répondit par cette pichenette :
— Gamin !

(Toute la Lyre.)

La cour des Miracles, aquarelle de Célestin Nanteuil.

« C'était une vaste place irrégulière et mal pavée comme toutes les places de Paris alors. Des feux, autour desquels fourmillaient des groupes étranges, y brillaient çà et là. Tout cela allait, venait, criait. On entendait des rires aigus, des vagissements d'enfants, des voix de femmes. Les mains, les têtes de cette foule, noire sur le fond lumineux, y découpaient mille gestes bizarres. Par moment, sur le sol, où tremblait la clarté des feux mêlés à de grandes ombres indéfinies, on pouvait voir passer un chien qui ressemblait à un homme, un homme qui ressemblait à un chien. »

(Notre-Dame de Paris.)

L'Idylle de Floriane, de WILLETTE.

> Quel bouquet nous composâmes !
> Pour qu'il durât plus d'un jour,
> Nous y mîmes de nos âmes ;
> La comtesse, tour à tour,
>
> M'offrant tout ce qui se cueille,
> Jouait à me refuser
> La rose ou le chèvrefeuille
> Pour m'accorder le baiser.

(Toute la Lyre.)

— Au-dessus une vaste composition : **Une grande couronne traînée par une haridelle. Autour la foule.** Un artiste japonais, Yamamotto, avait assisté aux funérailles de Victor Hugo, juché dans un arbre ; et, dans tout le cortège, ce qui l'avait surtout frappé, c'était une immense couronne d'immortelles remorquée par un cheval émacié. Il voulut fixer ce souvenir, et il l'envoya à la famille de Victor Hugo, comme un témoignage de son admiration pour le poète.

Après la fenêtre donnant sur l'antichambre du premier étage :

Hernani, aquarelle de BIDA. — Hernani et Dona Sol échangent leurs serments d'amour.

DON CARLOS, *ouvrant avec fracas la porte de l'armoire.*

Quand aurez-vous fini de conter votre histoire ?
Croyez-vous donc qu'on soit à l'aise en cette armoire ?

(Hernani, acte I, scène II.)

Le Revenant, de MAIGNAN.

Une mère a eu un enfant, elle l'a allaité, elle l'a adoré et elle l'a perdu ; elle resta trois mois immobile, l'œil fixé sur le même angle du mur ; elle se sentit mère une seconde fois, elle mit un autre enfant au monde.

> Et tout à coup, pendant que, farouche, accablée,
> Pensant au fils nouveau moins qu'à l'âme envolée,
> Hélas ! et songeant moins aux langes qu'au linceul,
> Elle disait : Cet ange en son sépulcre est seul !
>
> O doux miracle ! ô mère au bonheur revenue !
> Elle entendit, avec une voix bien connue,
> Le nouveau-né parler dans l'ombre entre ses bras
> Et tout bas murmurer : C'est moi, ne le dis pas.

> *(Les Contemplations.)*

— Une belle affiche de GRASSET : **la Librairie romantique.**

Un soldat prussien lui apporta un verre d'eau, de JEAN-PAUL LAURENS, après Sedan.

« Là, me disait-on, en attendant le roi de Prusse, l'empereur Napoléon III était descendu, blême, il était entré dans une petite cour qu'on me désigna et où un chien à la chaîne grondait. Il s'était assis sur une pierre près d'un tas de fumier, et il avait dit : — J'ai soif. Un soldat prussien lui avait apporté un verre d'eau. »

> *(Histoire d'un Crime.)*

Bivar, de VIERGE.

> Quand le scheik Jabias, depuis roi de Tolède,
> Vint visiter le Cid au retour de Cintra,
> Dans l'étroit patio le prince maure entra ;
> Un homme qui tenait à la main une étrille
> Pansait une jument attachée à la grille.
>
> . . . .
>
> Le scheik, sans ébaucher même un *buenos dias,*
> Dit : — Manant, je viens voir le seigneur Ruy Diaz,
> Le grand campéador des Castilles. — Et l'homme,
> Se retournant, lui dit : — C'est moi.

> *(La Légende des Siècles.)*

— Une affiche du 19 janvier 1857.

THÉATRE IMPERIAL ITALIEN

Par ordre

RIGOLETTO

Cette affiche est des plus curieuses et des plus rares. Le compositeur Verdi ayant fait, sous le titre de *Rigoletto,* un opéra sur le drame de Victor Hugo, le *Roi s'amuse*, qui avait obtenu le plus grand succès en Italie, on avait demandé au poète la permission de le représenter en France. Il avait refusé. Paul Meurice, qui était à Paris, avait intenté un procès aux éditeurs Escudier, qui, par la publication, avaient enfreint la défense de Victor Hugo. De plus, il avait signifié par huissier à la direction du théâtre italien l'interdiction de mettre à la scène *Rigoletto*. Le procès était en cours, lorsque tout à coup une affiche fut placardée : **Rigoletto**, *par ordre*. L'ordre était de l'empereur. Paul Meurice, en sortant un jour de pluie, avait aperçu cette affiche sur un mur. Elle était toute mouillée, il l'arracha. C'est elle qui figure ici. Il va sans dire que Victor Hugo perdit son procès devant les juges de l'Empire.

Cinq dessins d'ÉMILE BAYARD dans un même cadre :

Tout nous charmait, les bois, le jour serein, l'air pur,
Les femmes tout amour et le ciel tout azur.
Pour la pièce, elle était fort bonne, quoique ancienne.
C'était, nonchalamment assis sur l'avant-scène,
Pierrot qui haranguait, dans un grave entretien,
Un singe timbalier à cheval sur un chien.

(La Fête chez Thérèse. *Les Contemplations*.)

Jean Huss était lié sur la pile de bois,
Le feu partout sous lui pétillait à la fois :
Jean Huss vit s'approcher le bourreau de la ville,
La face monstrueuse, épouvantable et vile.

(*La Pitié suprême*.)

J'essuyai, sans trop lui déplaire,
Tout en la laissant m'accuser,
Avec des fleurs sa main colère
Et sa bouche avec un baiser.

(Quand les guignes furent mangées. *Les Chansons des Rues et des Bois*.)

Les Trouvailles de Gallus.

GALLUS

Votre voiture vient.

LISON

Cette charrette?

GALLUS

A moins

Que vous ne préfériez celle-ci.

(Parait la voiture dorée à quatre chevaux.)

GUNICH, *au duc.*

Sans témoins

Fuir serait aisé.

LISON, *à Gallus.*

Mais... à qui donc ce carrosse?

GALLUS

A vous!

LISON

A moi?

GALLUS

Viens, c'est... ta voiture de noce.

Entre du côté opposé la charrette trainée par l'âne,
on aperçoit Harou en habit de marié.

(Les deux trouvailles de Gallus. *Les Quatre cents
de l'esprit.*)

Entre les quatre dessins, au milieu, dans le même cadre :

Le groupe des Idylles.

Aimons! Ces instants-là sont les seuls bons et sûrs.
O volupté mêlée aux éternels azurs!
Extase! ô volonté de là-haut! Je soupire,
Tu songes. Ton cœur bat près du mien. Laissons dire
Les oiseaux, et laissons les ruisseaux murmurer,
Ce sont des envieux. Belle, il faut s'adorer.
Il faut aller se perdre au fond des bois farouches.
Le ciel étoilé veut la rencontre des bouches;
Une lionne cherche un lion sur les monts.
Chante! il faut chanter. Aime! il faut aimer : aimons.

(*La Légende des Siècles.*)

Une grande composition de LUCIEN PALLEZ, d'une belle or-
donnance et d'une noble inspiration. C'est la **Glorification de**

Victor Hugo étendu sur son lit de mort. La Poésie, le Drame, la Comédie, la Pitié, la Justice, la Patrie, dont le poète a été le plus glorieux représentant et le plus puissant interprète, l'entourent à son chevet ; au pied du lit se pressent Euripide, Eschyle, Virgile, Sophocle, Homère, Corneille, Molière, Dante et Shakespeare ; dans les airs se dressent la Renommée sur Pégase et l'Immortalité tenant une couronne. Dans le fond, le Panthéon.

Le sculpteur était commissaire délégué aux funérailles de Victor Hugo. Dans la nuit du 29 au 30 mai 1885, lors de la veillée nocturne, il crayonna, entre deux et trois heures du matin, cette vaste composition sous l'arc de triomphe. Il en a fait un haut relief monumental dont nous voyons ici la photographie. C'est un des hommages les plus grandioses qui aient été rendus à Victor Hugo, tel qu'on devait l'attendre, d'ailleurs, de celui qui avait voué son admiration au grand poète de son vivant, et qui a été le collaborateur le plus dévoué, le plus actif, le plus désitnéressé de Paul Meurice dans l'organisation de la Maison de la place des Vosges.

ESCALIER DU SECOND ÉTAGE

Un bas-relief en pâte de verre de HENRY CROS : **L'Apothéose de Victor Hugo**, d'un sentiment poétique délicieusement vaporeux. Le poète tenant le rameau sacré s'élève sur Pégase :

> ...Le grand cheval de gloire
> Né de la mer comme Astarté
> A qui l'aurore donne à boire
> Dans les urnes de la clarté,

en présence de la Muse, des Rimes, sœurs appareillées des mêmes couleurs. Castalie qui s'éveille ouvre son urne, source des poëmes. L'enthousiasme, à l'allure vibrante, acclame le poète. La pensée, qui rêve, écoute les voix de la nature, Pan dont

> La flûte invisible
> Soupire dans les vergers.

L'ombre chassée se tourne vers les régions obscures de l'espace.

— Une affiche, **la Proclamation de Victor Hugo** à ses concitoyens en 1848.

SUR LE PALIER DU SECOND ÉTAGE

AU MILIEU

Les deux Cariatides, d'ÉMILE BAYARD.

« Jean Valjean était d'une force physique dont n'approchait pas
un des habitants du bagne...

Une fois, comme on réparait le balcon de l'hôtel de ville de
Toulon, une des admirables cariatides de Puget qui soutiennent ce
balcon se descella et faillit tomber. Jean Valjean, qui se trouvait là,
soutint de l'épaule la cariatide et donna le temps aux ouvriers
d'arriver. »

(Les Misérables.)

A droite :

Regard jeté dans une mansarde, de ROCHEGROSSE.

Le matin elle chante et puis elle travaille,
Sérieuse, les pieds sur sa chaise de paille,
Cousant, taillant, brodant quelques dessins choisis,
Et, tandis que, songeant à Dieu, simple et sans crainte,
Cette vierge accomplit sa tâche auguste et sainte,
Le silence rêveur à sa porte est assis.

(Les Rayons et les Ombres.)

Origine de Fantine, de ROCHEGROSSE. — En sortant de chez
M. de Girardin où il avait dîné — il neigeait à gros flocons, —
Victor Hugo attendait qu'une voiture passât.

« Il faisait ainsi le planton. Quand il vit un jeune homme frêle et
cossu dans sa mise, se baisser, ramasser une grosse poignée de
neige et la planter dans le dos d'une fille qui stationnait au coin du
boulevard et qui était en robe décolletée. »

(Choses vues.)

Les sergents de ville empoignèrent la fille et ne touchèrent
pas à l'homme. Elle eût été infailliblement condamnée si
Victor Hugo n'était pas venu au commissariat pour déclarer que
la fille était dans son droit en repoussant l'agresseur. C'est de
cet incident qu'est née sa création de la Fantine des *Misérables*.

A gauche :

D'après nature, de ROCHEGROSSE.

« — A propos, monsieur, vous n'avez pas vu ma jambe ?
Et avant que Serio eût pu faire un geste, elle avait posé son talon

sur la table, et sa robe relevée laissait voir jusqu'à la jarretière la plus jolie jambe du monde, chaussée d'un bas de soie transparent. »

(Choses vues.)

Cromwell, de ROCHEGROSSE.

« Une sorte de Tibère-Dandin, tyran de l'Europe et jouet de sa famille, vieux régicide humiliant les ambassadeurs de tous les rois, torturé par sa jeune fille royaliste; austère et sombre dans ses mœurs et entretenant quatre fous autour de lui... soldat grossier et politique délié... trompant ses remords avec des subtilités, rusant avec sa conscience... enfin, un de ces hommes *carrés par la base*... »

(Préface de Cromwell.)

— **Muse indignation**, frontispice des *Châtiments*, de JEAN-PAUL LAURENS.

SECOND ÉTAGE

A ce second étage était l'appartement que Victor Hugo occupa d'octobre 1832 à 1848.

ANTICHAMBRE

Victor Hugo décrit ainsi son ancienne antichambre :

« Grande pièce sévère, éclairée, à une encoignure, d'une étroite et longue fenêtre et meublée de coffres de bois le long des murs à l'ancienne mode espagnole. »

Au fond de cette salle :

Buste de **Victor Hugo**, par DAVID. — C'est un moulage du buste de terre cuite qui avait été fait en 1838 et qui est actuellement à Angers.

Un meuble fabriqué par Victor Hugo est adossé à un mur à gauche en entrant, et sur le panneau voisin on remarque un dessin de ce même meuble fait par Victor Hugo et daté du 13 octobre 1857. A côté, un autre dessin de Victor Hugo : C'est le grand poêle en faïence de la salle à manger d'Hauteville-House à Guernesey. Le poète avait découvert, dans une de ses nombreuses courses à la recherche de curiosités dans les boutiques de bric-à-brac, une statuette de la Vierge portant l'enfant Jésus, une Notre-Dame-de-Bon-Secours. Il l'avait dépouillée de sa destination première, en la débaptisant, et l'avait transformée en statue de la Liberté sous laquelle il avait inscrit ces vers :

> Le peuple est petit, mais il sera grand.
> Dans tes bras sacrés, ô mère féconde,
> O liberté sainte au pas conquérant,
> Tu portes l'enfant qui porte le monde.

Buste de Victor Hugo, par Schœnwerk.

Les autres panneaux de la pièce sont tapissés de plats et d'assiettes qui viennent de Guernesey.

De l'antichambre on entre dans la salle des dessins.

SALLE DES DESSINS DE VICTOR HUGO

Cette salle, qui est tout entière remplie des dessins de Victor Hugo, était anciennement la salle à manger du poète. Au mur était appliquée, en 1833, une sorte de panoplie en trophée : ancien mousquet à rouet, sabre en argent, long yatagan à lame d'acier de Damas dont la poignée et le fourreau sauvagement sculptés étaient en argent massif. Au fond, une tapisserie représentait le roman de la Rose ; une grande table au milieu, des chaises et un buffet qui n'avaient pas de caractère particulier.

Victor Hugo dessinateur

Le Victor Hugo dessinateur est moins connu du grand public. Aussi, quand on entre dans cette salle, le premier mouvement est la surprise, la première impression est une curiosité vivement excitée qui grandit encore avec un examen plus attentif ; et on ne se lasse pas d'admirer cette originalité et cette puissance de conception, cette fécondité d'imagination, cette virtuosité d'exécution.

Il aurait fallu la maison tout entière pour contenir les dessins de Victor Hugo tant ils sont innombrables. Il en a semé à tous les vents, distribué à beaucoup d'amis ; il les a dispersés et même jetés au hasard. Tout était prétexte à dessin. Il prenait le premier bout de papier venu : une enveloppe de lettre, une invitation à dîner, une bande de journal, un coupon de théâtre, une carte de visite, et en quelques traits de plume, il traçait un portrait, un profil, ébauchait une caricature d'une expression singulière, une figure vivante, touchante, amusante ou effrayante ; c'était un oiseau, ou une fleur, un bateau, la mer, un château, un académicien, un enfant ou un bouffon. Il avait inventé une fleur à lui, bien à lui, une fleur étrange, synthèse de fleurs variées, mélange de dalhia, de pensée, de chrysanthème, de marguerite et de clématite : la fleur de Victor Hugo, qu'on retrouvera dans ses paysages, dans ses motifs décoratifs, ou dans ses fantaisies.

Le dessin avait été pour lui tout d'abord un délassement, un amusement, comme il l'écrivait lui-même au poète Charles Baudelaire le 29 avril 1860 :

« Je suis tout heureux et très fier de ce que vous voulez bien penser des choses que j'appelle mes dessins à la plume. J'ai fini par y mêler du crayon, du fusain, de la sépia, du charbon, de la suie et toutes sortes de mixtures bizarres qui arrivent à rendre à peu près ce que j'ai dans l'œil et surtout dans l'esprit. Cela m'amuse entre deux strophes. »

Mixtures bizarres, en effet, puisqu'il versait parfois sur son crayon ou sur sa sépia du thé et du café, de la farine ou de la cendre.

Combien de ses dessins sont nés du hasard, d'une tache d'encre échappée de sa plume, d'une goutte de café renversé, d'une simple éclaboussure d'un liquide quelconque donnant des contours bizarres !

Il prenait alors le premier instrument qu'il avait sous la main : une plume au bec largement ouvert, le manche d'une plume d'oie, un cure-dent, un vieux bout de crayon, un canif, ou, quand il n'avait rien, son pouce.

Cette tache jetée au hasard était une énigme. Qu'en ferait-il sortir ? Il l'ignorait. C'était d'abord une voile de bateau, mais tout à coup cette voile se transformait en arbre, et l'arbre prenait lui-même un aspect si étrange qu'il lui donnait la forme d'une tour. Il jetait encore quelques taches d'encre : la tour devenait château avec des murailles géantes, des fusées de pignons, des hérissements de clochetons, toute une architecture grandiose et terrifiante ; et, en quelques coups de canif, il avait hissé tout à coup son manoir sur le haut d'une montagne, creusant, tout autour, des abîmes, jetant des ponts-levis. Et dans ce noir il grattait pour mettre du blanc, du jour, de la lumière, et dans ces masses sombres il introduisait de délicats motifs d'architecture. Car il ne dessinait pas seulement, il ciselait aussi ses dessins avec son canif.

Il tirait d'une petite chose tout d'abord insignifiante, sous la poussée de sa fantaisie, des constructions fantastiques, des masses formidables toutes peuplées de rêves et de cauchemars, inventant une sorte d'architecture fantômale plus puissante que la réalité, grâce à la prodigieuse vision de son imagination. C'est ainsi qu'il produisait, par cette saisissante résurrection des burgs dont les ruines l'avaient frappé dans son voyage du Rhin, l'impression que l'âme des Job, des Magnus et des Hatto était enfermée entre ces murailles.

Quand il écrivait un roman ou un drame, il traçait souvent en marge de ses manuscrits la physionomie de ses personnages ou donnait une ébauche du décor ou du milieu dans lequel se déroulait l'action.

Mais il n'était pas seulement l'évocateur des burgs et des donjons, des grandes scènes de la nature, il reproduisait, grâce à une prodigieuse intuition, les monuments des pays qu'il n'avait jamais visités, et il se révèle là sous un nouveau jour avec ses dessins d'Orient, ses monuments indiens, par la finesse des traits, le souci du détail, la minutie et la délicatesse de l'exécution. Et son œil voyait sans doute mieux que les nôtres, car on ne peut découvrir qu'à la loupe le tissu serré — qu'on nous permette cette expression, arachnidien — de ces arabesques de pierre.

LES DESSINS

En commençant la visite de la salle par le panneau à votre gauche en entrant, vous trouvez un coq bien planté sur ses ergots dont le mouvement du cou donne l'impression qu'il chante. C'est *Gallia*; une fleur sur le cadre forme une des branches du V.

Cette énorme araignée qui est au centre de sa toile, c'est l'**Araignée** dont parle Victor Hugo dans *Notre-Dame de Paris*.

« En ce moment, une mouche étourdie, qui cherchait le soleil de mars, vint se jeter à travers ce filet et s'y englua. A l'ébranlement de sa toile l'énorme araignée fit un mouvement brusque hors de sa cellule centrale, puis, d'un bond, elle se précipita sur la mouche qu'elle plia en deux avec ses antennes de devant tandis que sa trompe hideuse lui fouillait la tête. »

Et Claude Frollo est l'araignée; il est aussi la mouche qui volait à la science, à la lumière, au soleil, et il n'a pas vu cette subtile toile d'araignée, l'amour, tendue entre la lumière et lui.

De chaque côté, deux dessins de Vianden :

— **Burg de Vianden**, 7 août. Victor Hugo avait été expulsé de Bruxelles en mai 1871. Il avait protesté contre les actes de la Commune de Paris, mais à une déclaration du Gouvernement qui refusait l'hospitalité du sol belge aux insurgés français, Victor Hugo répondit, que, quelque condamnable que fût leur conduite, il leur accorderait un asile chez lui, place des Barricadis. Dans la nuit du 27 au 28 mai, il faillit être victime d'un attentat. Des manifestants irrités de sa clémence, lancèrent des pierres dans les vitres de sa maison. L'une d'elles effleura la tête de sa petite-fille, Jeanne. Le ministère belge lui notifia un arrêté d'expulsion. Et Victor Hugo alla faire un voyage dans le Luxembourg et habita quelque temps Vianden.

— La maison que j'habite au coin du pont, 28 juillet. C'est
la maison où il se retira à Vianden.

« J'aime ce pays, écrit-il, c'est la cinquième fois que j'y viens.
Les autres années, j'y étais attiré par ma propre rêverie et par la
pente que j'ai en moi vers les beaux lieux qui sont des lieux sauvages... Aujourd'hui j'y suis chassé par un coup de vent : ce coup
de vent, je le remercie. »

(France et Belgique.)

Ville en pente. (Dessin de VICTOR HUGO.)

— Ici est un homme pendu à un gibet : la vision est
effrayante. Qu'avait fait cet homme ? Il avait voulu l'affranchis-
sement de l'esclavage dans l'Amérique du Sud. Il s'appelait
JOHN BROWN. Victor Hugo adressait, le 2 décembre 1859, une
lettre à la démocratie des États-Unis d'Amérique et demandait
la grâce de John Brown.

« Puritain religieux, austère, plein de l'Évangile, *Christus nos
liberavit*, il a jeté à ces hommes, à ces frères, le cri d'affranchisse-
ment.....

Oui, que l'Amérique le sache et y songe, il y a quelque chose de
plus effrayant que Caïn tuant Abel, c'est Washington tuant Sparta-
cus. »

(Actes et Paroles.)

Le 16 décembre 1859 John Brown fut pendu.

Victor Hugo traduit cette affreuse tragédie par ces mots en haut du dessin : *Pro Christo sicut Christus* : Pour le Christ, comme le Christ, et par ce mot en bas : *Ecce*, voici.

— Cet oiseau bizarre aux nuances variées de bleu avec des reflets de joyau est un de ces oiseaux de fantaisie comme aimait à en créer Victor Hugo : décomposez-le, vous trouverez le corps de l'aigle, le cou du dindon et la tête du paon; mélange de tous les oiseaux ; dragon ou chimère.

A côté, un grand dessin : un groupe de maisons à toits plats et à un étage et la mer dans le fond avec un ciel gris, c'est Marine-Terrace à Jersey, que Victor Hugo a habité après son expulsion de Bruxelles en 1852.

Charrette à raccommoder. — Des noirs sur des noirs ; il faut s'approcher du tableau pour découvrir la charrette renversée sur le flanc : c'est la nuit ; au fond, un lever de lune qui donne une impression plus saisissante d'obscurité du paysage avec l'annonce de la clarté prochaine. Une vision à Vianden le 13 août.

— Au bout de ce même panneau de gauche, un dessin curieux : **la Tour des rats**, du 27 septembre 1840. Victor Hugo, quand il avait six ans et qu'il demeurait à l'impasse des Feuillantines, avait, dans sa chambre, un petit tableau qui représentait la Maüsethurm (Tour des rats). Ce tableau le troublait. Quand, le soir, il avait fait sa prière, il regardait cette tour enveloppée de vapeurs et d'ombres ; et il en rêvait. Il avait une vieille servante allemande qui connaissait l'histoire et qui la lui raconta en prenant des airs d'effroi.

Il y avait autrefois à Mayence un méchant archevêque nommé Hatto qui, dans une année, acheta tout le blé fort cher. Le peuple fut affamé et s'insurgea. L'archevêque donna l'ordre d'enfermer les pauvres gens dans une grange et fit mettre le feu; et comme les malheureux criaient, il dit : Entendez-vous siffler les rats? Le lendemain la grange était en cendres. Et le peuple avait disparu dans les flammes. Mais aussitôt surgirent de toutes parts des rats Hatto éperdu s'enfuit, les rats le suivirent; alors il se fit bâtir une tour au milieu du Rhin et s'y réfugia, mais les rats y pénétrèrent et dévorèrent l'archevêque tout vivant.

Victor Hugo conserva longtemps l'impression du récit de la servante ; lorsqu'il fit son voyage sur le Rhin il vit la Tour des rats qui était aussi effrayante que son imagination d'enfant l'avait conçue. Et il fit ce dessin pour perpétuer ce souvenir de jeunesse.

En suivant, sur le panneau du fond :

— **Le Rêve** : une main tendue.

— **La Tourgue**, en 1835. C'est le château la Tour-Gauvain que les Bretons appellent la Tourgue, habité par le marquis de Lantenac, le chef de l'insurrection vendéenne, dans le roman de *Quatre-vingt-treize*.

« Pas plus lugubre vision que la Tourgue. Ce qu'on avait sous les yeux, c'était une haute tour ronde toute seule au coin du bois comme un malfaiteur. Cette tour droite sur un bloc de rochers à pic avait presque l'aspect romain, tant elle était correcte et solide et tant, dans cette masse robuste, l'idée de la puissance était mêlée à l'idée de la chute. »

(Quatre-vingt-treize.)

Au-dessus :

— **Prenant le frais avec ses sept frères.** C'est un tableau d'une ironie terrible. Un sultan est là assis : à côté de lui sont les sept têtes de ses frères piquées sur des pieux. Il les a fait trancher, et... il prend tranquillement le frais.

— Puis on trouve **une Maison avec pignons**, un château dominant des maisons dans un effet de lune ; la **Tourmente**, le **Soir**.

— FURSTENECK *brume*, un des souvenirs de son voyage sur le Rhin.

« A mes pieds le fond du paysage était caché par une brume blanche et épaisse dont le soleil dorait le bord. On eût dit qu'un nuage était tombé dans la vallée... Le brouillard montait, et lorsque je parvins au village, les rayons du soleil y arrivaient. »

(Le Rhin.)

— Un petit tableau représentant des ruines. Il ne reste plus que les quatre murs. C'est la **Salle des séances du Conseil** municipal de Thionville. Elle a été incendiée par les Prussiens en 1871.

Victor Hugo a écrit sur ce dessin les lignes suivantes qui ont été placées dans le cadre :

« Ceci est la salle des séances du conseil municipal de Thionville dans l'état où le bombardement prussien l'a mise. Toute la maison de ville est détruite. Les archives ont été brûlées. Dans cette salle qui était la grande salle de la ville, il y avait le portrait de mon père. Il a disparu dans l'incendie avec la liberté et la nationalité de Thionville. Le maire m'a raconté cela avec les larmes aux yeux. Je lui ai dit : *Je suis charmé de cette fin pour le portrait de mon père, mon père ne devait pas être prisonnier de la Prusse, même en effigie.*

Mon père a laissé une grande mémoire à Thionville. Les femmes même savent qu'il a défendu et sauvé la ville en 1814 et en 1815.

J'ai dessiné cette salle le 30 août 1871, à quatre heures après midi. Tout à côté est le jardin public. J'y voyais un soldat prussien en sentinelle, et pendant que je dessinais, j'entendais des enfants chanter la Marseillaise. »

On se doute de l'émotion qu'éprouva Victor Hugo quand il visita Thionville en 1871. Cette ville, que les alliés n'avaient pas pu prendre en 1814 et 1815, était prise alors. Tous les souvenirs anciens et glorieux lui remontaient à l'esprit : l'héroïque défense du général Hugo, son refus de livrer la citadelle, et même de recevoir les parlementaires, sa résignation à se rendre seulement le jour de la nouvelle de l'abdication de Napoléon. Il se rappelait qu'étant tout enfant, alors qu'il n'avait que douze ans, il suivait sur les cartes de géographie la marche des alliés, et à soixante-neuf ans, revenant d'exil, il retrouvait l'invasion, la ville saccagée et incendiée; mais la noble conduite de son père restait vivante dans son esprit, car trois ans après, le 13 mai 1874, il était allé au cimetière du Père-Lachaise pour faire transférer dans un caveau définitif les cercueils de sa famille qui étaient dans un caveau provisoire. Il prit du papier et un crayon, et il écrivit ceci pour être gravé sur la tombe au-dessous du nom de son père :

GUERRE DE VENDÉE, CAMPAGNE DU RHIN,

GUERRE D'ITALIE, GUERRE D'ESPAGNE,

CAMPAGNE DE FRANCE,

SIÈGE DE THIONVILLE,

DE 1792 A 1815.

PAR LUI THIONVILLE EST RESTÉE FRANÇAISE.

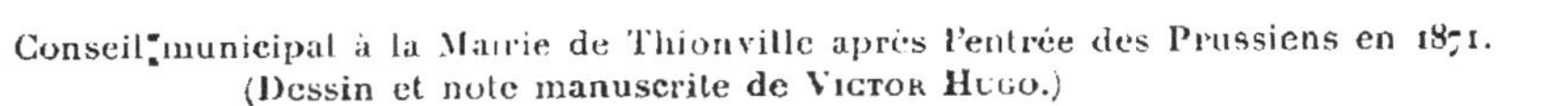

La Salle du Conseil-municipal à la Mairie de Thionville après l'entrée des Prussiens en 1871.
(Dessin et note manuscrite de VICTOR HUGO.)

Il avait tenu à donner à son père ce témoignage de respect et d'admiration. Quelques semaines après, un inspecteur des inscriptions funéraires venait lui annoncer, au nom du préfet de la Seine, que ces mots : *Par lui Thionville est restée française* ne pourraient figurer sur l'épitaphe afin de ne pas blesser l'Allemagne. Victor Hugo s'emporta. Le préfet en fut averti, et, quelques jours après, lui fit annoncer que l'épitaphe serait respectée.

— Un paysage : **Crépuscule.**

À mon cher et vaillant ami Paul Meurice, Hauteville-House, Guernesey, 1ᵉʳ janvier 1856.

Sur le panneau (face à la porte d'entrée) se trouve un des plus grands et des plus beaux dessins de Victor Hugo, le plus grand qu'il ait fait : **Le Burg à la croix.** Les amis de Paul Meurice ont pu le voir et l'admirer pendant de longues années dans son cabinet de travail de la rue Fortuny. C'est un de ses souvenirs les plus précieux, les plus chers et les plus anciens.

Comment Victor Hugo eut-il l'idée de faire ce dessin? Un jour, un de ses amis qui s'intéressait passionnément à son œuvre artistique vint le trouver et lui dit :

— Vous faites des dessins très curieux, très originaux, mais trop petits; pourquoi n'en feriez-vous pas un grand?

— Un grand dessin! moi, je n'en ai jamais fait, je n'ai même jamais pensé à en faire un! Un grand dessin! comme vous y allez! ce n'est pas une petite affaire. Il faut en avoir le temps et le pouvoir.

— Bast! vous? mais vous ferez tout ce que vous voudrez. Essayez.

C'était en 1848. Victor Hugo après avoir demeuré provisoirement rue de l'Isly, près de la rue du Hâvre, habitait rue de la Tour d'Auvergne; à cette époque de révolution, il était difficile de travailler et de penser à autre chose qu'aux événements politiques. Victor Hugo se rappelait toujours la visite de son ami. Un grand dessin! Pourquoi pas un grand dessin? Mais il ne pouvait pas se servir du papier souvent mince sur lequel il crayonnait d'ordinaire, dans ses moments de loisir; il acheta une grande feuille de papier solide. C'était toujours un commencement. Il regarda sa feuille blanche, un peu préoccupé, un peu inquiet. Il avait sous la main « ses mixtures » comme il les

appelait, encre de Chine, sépia, café : il jeta des paquets d'encre
sur la page blanche, et en examinant bien le tableau, vous verrez,
en effet, des couches épaisses d'encre coagulée, et il fit sortir de
cette masse noire **Le Burg à la croix**, se servant de la plume,
du doigt, du canif, du grattoir, dessinant, sculptant, ciselant,
mettant de l'air dans ces ombres, des taches blanches dans ces
noirs et élevant un monument fantastique, troublant et terrible,
dans un paysage de désolation. Vous ne rencontrerez pas ce
burg dans vos voyages, même au pays des manoirs, des forte-
resses et des donjons, c'est une création de son imagination. Il
y consacra trois mois. Il plaça le tableau dans un cadre quelconque et le suspendit à un des murs de son appartement.

Lorsqu'il dut quitter la France en 1851, à l'époque du coup
d'État, on procéda à la vente de son mobilier et de ses objets
d'art. Quelques amis seulement étaient là, et les objets furent
vendus à un prix dérisoire. Ils n'étaient pas riches, les amis qui
étaient venus. Paul Meurice se fit adjuger le **Burg à la croix**
pour quatre-cent vingt francs.

Victor Hugo avait vivement regretté que ses dessins eussent
été mis aux enchères. Il tenait surtout au **Burg à la croix**, son
chef-d'œuvre. Paul Meurice le rassura en lui disant que c'était
lui qui l'avait acheté et qu'il le tenait à sa disposition.

— Si c'est vous qui l'avez, gardez-le. Seulement, je ne veux
pas que vous l'ayez payé, je vous le rembourse, et je vous le
donne. De plus, je vous en ferai le cadre quelque jour.

Mais le cadre se fit un peu attendre ; Victor Hugo était trop
absorbé par son travail. Quand il revint en France en 1870, il
habita, pendant tout le siège, chez Paul Meurice, avenue Fro-
chot.

— J'ai à vous payer deux dettes à la fois, lui dit-il.

A son retour définitif à Paris, il alla s'installer rue de La
Rochefoucauld, puis ensuite rue de Clichy. C'est là qu'il s'occupa de fabriquer le cadre. Il assembla quatre planchettes de
bois, et pendant une quinzaine de jours il les enlumina de tous
les caprices de sa fantaisie, dessinant d'abord, jetant ses
couleurs, semant les feuilles, les oiseaux, les papillons, les
insectes, les entrelaçant, les mêlant dans une confusion de fines
arabesques, enjolivant cette fleur étrange, la fleur Victor Hugo,
la fleur synthèse, la fleur étoilée, la fleur espérance, car à côté
d'elle est inscrit le mot *Spes*. C'était le moment où, obsédé du
rêve de la revanche, il venait d'achever *l'Année terrible*.

Le cadre terminé, il écrivit :

Siège de Paris 1870.
5 septembre 1870. — 3 février 1871.

dates du jour où il était entré chez Paul Meurice et du jour où il en était sorti.

Puis il inscrivit en caractères creux :

VICTOR HUGO A PAUL MEURICE.

Il n'avait pas ménagé ses doigts, il les avait consciencieusement barbouillés, et il avait solidement encrassé ses ongles de toute la gamme des noirs. Il les regardait avec quelque pitié, et presque avec humiliation, parce que, malgré tous les savons, toutes les brosses, toutes les pierre-ponce, tous les citrons et toutes les limes, il n'était pas parvenu à les débarrasser de leur cuirasse boueuse.

Et il disait en souriant : — Voyez mes ongles ! sont-ils assez malpropres ! Que va-t-on penser de moi ? On dira : Victor Hugo ne se lave jamais. Quelle réputation ! je n'oserai plus donner la main à personne.

On comprend qu'un tableau si magistral, entouré de tels souvenirs, possédé, contemplé au-dessus de sa table de travail, admiré et aimé pendant plus d'un demi-siècle, fût devenu l'objet d'un culte particulier. M. Paul Meurice en a fait cependant le sacrifice pour la gloire de son ami et l'admiration de ses contemporains.

De chaque côté de cette vaste composition :

A gauche, le **Phare des Casquets,** le phare sauvage du moyen-âge.

« C'était à cette époque un simple vieux phare barbare tel que Henri Ier l'avait fait construire après la perdition de la *Blanche-Nef,* un bûcher flambant sous un treillis de fer au haut d'un rocher, une braise derrière une grille et une chevelure de flamme dans le vent. »

(L'Homme qui rit.)

A droite, le **Phare d'Eddystone,** le phare du XVIIe siècle.

« L'architecture d'une tour de phare était magnifique et extravagante. On y prodiguait les balcons, les balustres, les tourelles, les logettes, les gloriettes, les girouettes. Ce n'étaient que mascarons, statues, rinceaux, volutes, rondes-bosses, figures et figurines, cartouches avec inscriptions. *Pax in bello,* disait le phare d'Eddystone. »

(L'Homme qui rit.)

Au-dessous du **Burg à la croix**, une série de petits dessins : castels, burgs, donjons, beffrois, des souvenirs rencontrés en cours de route, dans ses voyages sur le Rhin et qui ne lui ont pas paru mériter une désignation spéciale, des Soirs, des Crépuscules.

— Un carrosse luxueux traîné par une haridelle : **Le Char de la royauté**, comme le qualifiait Victor Hugo.

Sur les panneaux qui donnent sur la place des Vosges :
Dans un cadre, quatre crayons :

Château en ruine.

« Derrière la colline où j'étais assis, au haut d'un monticule couvert de sapins, de châtaigniers et d'érables, j'apercevais une sombre ruine, colossal monceau de basalte brun. On eût dit un tas de lave pétri par quelque géant en forme de citadelle. »

(Le Rhin.)

Le Rheinfels.

« Le Rheinfels a résisté aux villes du Rhin en 1225, au maréchal de Tallard en 1692 et s'est rendu à la République Française en 1794. »

(Le Rhin.)

— Un tableau offert à l'artiste Célestin Nanteuil, un ami cher.

En souvenir de nos promenades d'autrefois.

Victor Hugo.

Marine-Terrace, 19 août 1855.

C'était à l'époque où Victor Hugo était à Jersey, et c'est cette même année 1855, le 2 novembre, après un séjour de trois ans et quatre mois, qu'il fut expulsé de Jersey.

— Un cadre entourant une glace avec ces vers :

Passereaux et rouges-gorges,
Venez des airs et des eaux,
Venez tous faire vos orges,
Messieurs les petits oiseaux,
Chez monsieur le petit Georges.

Dessiné en mai 1870.

Pendant qu'on me juge et me condamne à Paris, 1870.

V. H.

Passereaux et rouges-gorges aux plumages variés volent dans des entrelacements de feuilles de vigne et de lierre ; et toujours la fleur étoilée de Victor Hugo. Sa préférence pour le rouge-gorge n'était pas une simple fantaisie. Il avait de l'affection pour cet oiseau. Ne racontait-il pas dans ses carnets, qu'à Guernesey un rouge-gorge se posait régulièrement près de sa fenêtre, et que, chaque fois qu'il revenait à Hauteville-House, le rouge-gorge se retrouvait près de son toit comme s'il eût voulu saluer sa venue ?

Ces mots : *Pendant qu'on me juge et me condamne à Paris* font allusion à un procès que lui faisait l'empire, le 11 mai, pour son manifeste sur le plébiscite.

Au-dessous : **le Brise-lame.** — Victor Hugo a écrit sur ce dessin :

Gros temps : Extrémité du brise-lame provisoire à Guernesey, vu de mon look-out.

V. H.

13 janvier 1865.

Quatre dessins au crayon : dont l'un, la **Table du Diable,** 22 septembre, 6 h. 1/2. Souvenir de ses voyages en 1865.

— **Bacharach.** — C'est un souvenir de son voyage sur le Rhin.

« J'ai passé trois jours à Bacharach, façon de cour des *Miracles* oubliée au bord du Rhin par le bon goût voltairien, par la Révolution française, par les batailles de Louis XIV, par les canonnades de 97 et de 1805, et par les architectes élégants et sages qui font des maisons en forme de commodes et de secrétaires. »

(Le Rhin.)

— **Boppart du Voyage du Rhin.**

Une quantité innombrable de dessins d'une étonnante variété, depuis des monuments indiens, des mosquées délicatement ciselées jusqu'à des burgs, des roches sauvages. Il est impossible de les citer tous. Notons dans les vitrines du milieu :

Lucerne. — Victor Hugo a écrit au bas de ce dessin d'une prodigieuse finesse :

Lucerne, 13 septembre 1839. — Ce que je vois de ma fenêtre : pour ma Didine (sa fille aînée, Léopoldine).

V. H.

Le Rocher Douvres Apparot qui figure dans les *Travailleurs de la mer.*

Un carton avec plusieurs dessins des *Travailleurs de la mer.* Saint-Sampson.

Un bateau, soulevé par l'écume au milieu de la tempête, que Victor Hugo a dessiné à Guernesey en 1856, est comme le symbole de sa mélancolie. Il est depuis cinq ans en exil, il a conquis beaucoup de gloire, mais il est triste d'être loin de son pays et loin des êtres chers qu'il aime et dont les tombes sont en France, il traduit ainsi la tristesse qui l'accable :

Au revers de ce carton, j'ai barbouillé ma propre destinée, un bâtiment battu de la tempête, au beau milieu du monstrueux océan, à peu près désemparé, assailli par tous les ouragans et par toutes les écumes, n'ayant qu'un peu de fumée qu'on appelle la gloire, que le vent arrache — et qui est sa force.

Dans la seconde vitrine du milieu on trouvera de nombreux dessins de ses voyages. Entre autres :

Bacharach.

« Au-dessus de l'église byzantine à mi-côte, la ruine d'une autre église du quinzième siècle, en grès rouge, sans portes, sans fenêtres et sans vitraux, magnifique squelette qui se profile fièrement sur le ciel. »

(Le Rhin.)

L'abbaye de Villers.

Les souvenirs de Bouillon.

Dans les VITRINES contre le panneau de gauche :

Un carton : LE BURG DES CRIS-LA-NUIT. Le château situé près de Durkheim où est mort Turenne passe pour être plein de spectres et ensorcelé. Il s'appelle aujourd'hui les *Cris-la-Nuit.* Victor Hugo avait probablement l'intention d'écrire un conte sur ce burg, car on a retrouvé des notes de lui que nous reproduisons ici :

« Le mystérieux burg des *Cris-la-Nuit* était devant ses yeux. Était-ce un édifice? Était-ce un spectre? On distinguait des toits, des tourelles, des fenêtres, de hauts murs démantelés, mais des lueurs impossibles en sortaient, et toutes ces pierres — étaient-ce des pierres? — avaient un air étrange et vivant. De sombres arches laissaient passer des clartés, et au-dessous de l'ogive d'entrée qu'inondait une flaque d'eau noirâtre, une sorte de monstre — était-ce une lucarne en ruine? — ouvrait une gueule inexprimable qui paraissait prête à mordre et à crier. Ce monstre semblait poser sur le sol une patte énorme qui était un des chambranles de la porte, et un mur ou une sorte de bras terminé par une main onglée sortait de la hanche ou de l'épaule de la grande tour du fond, qui, avec sa visière à deux trous, semblait un chevalier casqué et masqué. Ce bras ou ce mur venait saisir et semblait retenir par la tête le monstre aboyant du seuil, chien de pierre du géant de granit.

Dans la forêt, tout autour du burg, des faces de fantômes avaient l'air de se pencher et de regarder par-dessus les murs. »

Dans la seconde vitrine contre le panneau de gauche :
Des caricatures bien amusantes :

Royer-Collard.

Un monsieur sous une averse. — C'est Victor Hugo. Il veut monter dans un omnibus, mais il n'y a pas de place à l'intérieur, il pleut à torrents.

Le conducteur le prie de descendre. « Mais, dit Victor Hugo, il y a de la place sur l'impériale. » Elle était en effet entièrement vide. Au moment où Victor Hugo gravit l'escalier, le conducteur lui dit : « Monsieur va au soleil? » Un conducteur qui avait de l'esprit.

— Il faudrait noter toutes ces figures étranges, étonnantes de vérité dans leur expression burlesque, dans la variété de leur attitude, dans les contorsions de leur physionomie, dans le mouvement bizarre de leur bouche et de leur regard. Nous trouvons : Le candidat classique à l'Académie française, malheureux ayant fait des tragédies, pas nommé et n'y comprenant rien, vieux.

Et ce magistrat qui n'est pas content d'entendre clabauder contre la peine de mort et qui dit : Qu'est-ce que c'est que toutes ces déclamations-là ?

Et la femme qui a l'idée qu'elle va surprendre son époux en flagrant délit.

Et le monsieur qui prend un air lamentable en disant : Ne me parlez pas du drame moderne.

Vous verrez aussi des personnages des *Misérables* : Thénardier.

« Le front inégal, ravagé, bossu par endroits, hideusement ridé en haut... le profil féroce et sagace de l'homme de proie. »

Et Gavroche à six ans, d'après nature.

« Et **Navet**, l'ami à Gavroche regardant ceux qui montent au mât de cocagne.

Cheminée sculptée par Victor Hugo.

LA SALLE DES PANNEAUX

Sculptés et peints par Victor Hugo

De la salle des dessins (ancienne salle à manger de la place Royale), on passe dans la pièce qui, dans le logis d'autrefois de Victor Hugo, était le salon. C'est dans ce salon même que

Victor Hugo a reçu tous les hommes illustres de l'époque. Au fond il y avait une haute cheminée, avec deux grands vases et une pendule, à gauche un dais qui servit de prétexte à une ridicule légende. Les petits journaux satiriques du temps avaient imaginé de dire que ce dais abritait un trône où Victor Hugo seul prenait place. En réalité il surmontait un simple divan sur lequel tout le monde s'asseyait. Un étendard rapporté de la casbah du dey d'Alger, et qui aujourd'hui orne le plafond du Musée intime au troisième étage, était tendu sur la muraille : le buste de Victor Hugo était à la gauche du divan ; le long des murs, des chaises et des fauteuils Louis XV.

Les grandes fenêtres donnaient accès à un large balcon qui se prolongeait jusque devant la salle à manger. C'est là qu'on se réunissait le soir, qu'on discutait, qu'on causait. C'est là aussi que les enfants faisaient d'interminables parties. Ce balcon s'est effondré quelque temps après le départ de Victor Hugo pour l'exil.

Le salon d'autrefois est devenu la Salle des Panneaux (collection Drouet), tout entière décorée par Victor Hugo. Car le poète n'était pas seulement dessinateur, il était peintre, sculpteur et même menuisier. N'avait-il pas eu un menuisier dans sa famille ?

On trouve dans les autres salles des meubles, non pas fabriqués, mais arrangés, composés par lui. Il avait toujours été un des habitués les plus fidèles des marchands de bric-à-brac : une de ses grandes passions était la recherche des vieux coffres, c'est ce qu'il appelait « la chasse aux coffres », et si la chasse était ardente, elle était souvent fructueuse. Elle fut particulièrement abondante en 1857 à Guernesey. Tout ce qu'il avait pu trouver de vieux bahuts, il l'avait ramassé ; très éclectique d'ailleurs en fait de styles, il prenait du Louis XIII, de la Renaissance, du gothique, le coffre à chimères, à apôtres, à arabesques, le coffre fleuri. Il désarticulait les vieux meubles, démolissait les coffres, assemblait toutes ces pièces et ces morceaux pour leur donner une physionomie particulière et une destination spéciale, fabriquant ainsi des cheminées, des bancs, des crédences. Il tirait de ces planches sculptées un meuble moyen-âge ou renaissance, confondant volontiers tous les styles pour se créer un style personnel, mélange de gothique, de rococo et de byzantin ; il arrivait ainsi à produire des merveilles d'élégance et des compositions vraiment originales.

Mais dans la salle où nous sommes, Victor Hugo n'est pas seulement arrangeur, il est créateur. Ici, boiseries, portes, consoles, les deux cheminées, tout, jusqu'aux caissons du plafond, tout est de sa main, tout est son ouvrage. Tous ces panneaux d'une si extraordinaire fantaisie, d'une si grande richesse de ton, d'une si belle harmonie de couleurs, d'une si étonnante invention, ont été taillés, sculptés, peints, dorés par lui.

Vous verrez sur un chevalet, dans un coin de cette salle, une

Chinois attablé devant un poisson, par Victor Hugo.

planchette sur laquelle un dessin est ébauché et vous vous rendrez compte ainsi de la façon dont il procédait.

Il prenait une planche de sapin ; il traçait un dessin : arabesque, fleur, caricature, chimère, au gré de sa verve et de sa fantaisie. Puis il le creusait avec un canif, et le peignait ensuite, réussissant, grâce à une intuition étonnante de la couleur, à donner à des tons crus une harmonie saisissante.

« Son style, dit très justement M. Henry Houssaye, procède du gothique et du chinois : le style chinois ancien, raisonné, plus pondéré, moins extravagant, le gothique d'un artiste qui unirait les beautés de la Renaissance avec les grâces coquettes du XVIIIe siècle. » M. Bing, qui a donné son concours à l'aménagement de cette salle, a pu dire en voyant les panneaux dont le chinois peints par Victor Hugo : « C'est un primitif. »

Ces panneaux ornaient l'habitation de M. Drouet à Guernesey, et ont été cédés par son neveu, M. L. Koch, au Musée.

Le motif, qui fait face en entrant, est curieux parce qu'il révèle bien la pensée du poète. Victor Hugo ne se bornait pas à décorer des planches au hasard. Il avait une idée, un but. Son morceau de menuiserie qu'il taillait, peignait et sculptait avait une destination. Ainsi, dans le cas actuel, il devait servir d'encadrement à des plats et à des assiettes, être utilisé comme support pour de petits vases, des chimères et des dragons de porcelaine. Et la peinture devait s'harmoniser avec le décor. C'est ainsi qu'il peindra deux monstres en haut de sa pièce de menuiserie et des fleurs en guirlandes légères en bas, montrant ainsi son goût des contrastes.

De chaque côté du motif principal, des fleurs d'or pour encadrer des vases disposés sur des supports et deux panneaux de fleurs d'or avec des avancées creuses pour loger des statuettes.

Sur le mur qui fait face aux fenêtres s'épanouit une sorte de fleur étrange, aux pétales ornés, au cœur enluminé d'une pagode.

Au-dessous : *Un Chinois dans sa barque*, d'une grande finesse d'exécution, et une cheminée avec ses figures bouffonnes mais étrangement expressives aux deux angles. Devant la cheminée un écran avec un oiseau bizarre tenant de la grue, de la cigogne et de la pintade; toujours sur le mur de face, mais à gauche, l'attention est attirée par un *Chinois attablé devant un poisson*.

Un jour, Suzanne, la cuisinière, avait servi à Victor Hugo un excellent poisson. Jamais le poète n'avait mangé un poisson plus succulent et mieux accommodé. Une si délicate surprise méritait une récompense. Que pouvait-il bien donner à sa cuisinière? Il chercha. Il lui promit de lui découvrir un excellent mari. Là-dessus il prit une planchette de sapin, dessina, creusa, peignit un Chinois ventru, aux yeux ébahis et gloutons, devant l'excellent poisson de Suzanne. Puis il lui apporta le Chinois, le lui montra et le lui présenta comme son mari. Et pour perpétuer ce souvenir il donna à son Chinois le nom de Suzanne en l'accommodant à la sauce chinoise : *Shu-zan*.

A côté se trouvent un acrobate faisant des tours sur une chaise, formant les deux lettres de son nom V. H., puis une fleur qui sort d'un pot avec un oiseau dans la tige. Entre les fenêtres encadrement de glace et de plateau avec des motifs dorés sur fond rouge.

Et sur le panneau, à gauche de l'entrée, une glace dont le cadre est orné de fleurs et de fines arabesques et surmonté d'un dessin pyrogravé représentant un burg.

Les cadres du plafond ont été également fabriqués et dessinés par Victor Hugo.

ANTICHAMBRE MORTUAIRE

(SALLE ANNEXE DES DESSINS.)

On entre ensuite dans une petite salle annexe des dessins de Victor Hugo qui précède la chambre mortuaire.

Sur le panneau qui fait face à l'entrée, un dessin amusant par la légende : **Espagne** *(Un de mes châteaux)*, mais à côté, des dessins de Jersey (1854) et de Guernesey (1857) qui représentent de vrais châteaux.

Tous les dessins de Victor Hugo sont si originaux et parfois si étonnants de fantaisie qu'il serait intéressant de chercher à deviner la pensée qui les a inspirés ou, tout au moins, à les interpréter. Ainsi ce dessin où le nom de *Victor Hugo* se détache en caractères rouges sur un pan de mur avec ces mots : **13ᵉ année d'abse**, le mot absence restant inachevé sur le mur coupé ; était-ce un dessin qu'il destinait à un ami, ou qui devait servir de frontispice à quelque pièce de vers?... La date est 1864. C'était sa treizième année d'exil. Il était sans doute dans une de ses heures de mélancolie. Il marquait la fuite des années : et peut-être ensuite promenait-il sa rêverie sur le papier machinalement, car on trouve au premier plan un groupe de maisons à pignons, mêlant ainsi à ses regrets quelques souvenirs moins assombris de ses voyages passés.

Vous trouverez tout à côté un dessin tout petit, à traits fins, avec cette indication : **Légende des Siècles** *(partie encore inédite)* 1860. C'est le défilé d'un cortège devant une mosquée. On ne retrouve pas dans la **Légende des Siècles** le poème auquel ce dessin peut se rapporter. Il est possible qu'il ait eu une idée qu'il a d'abord traduite en dessin comme cela lui arrivait parfois, et qu'il ne l'ait pas exécutée. Il y a ainsi, dans son œuvre artistique, nombre de dessins, parfois avec des notes, qui étaient des indications de romans, de poèmes, des documents, des renseignements, qu'il avait l'intention d'utiliser plus tard.

Une maison du vieux Blois. — Sur ce dessin Victor Hugo a écrit : « Souvenir d'une vieille maison de Blois, 1864 » et la suscription : « 1er janvier 1865 » sur le cadre. On trouve un certain nombre de dessins avec deux dates ; et surtout la date du 1er janvier. Cadeaux de jour de l'an pour des amis.

Blois était une des villes qui l'avaient le plus séduit. Il en avait conservé un souvenir très vivace depuis le jour où, en 1825, il était venu voir son père.

La fontaine élevée à l'endroit où était l'enfant avec la pomme sur la tête.

Altorf, 14 septembre 1839.

1 heure après midi.

C'est un croquis que Victor Hugo a pris dans un voyage qu'il fit dans les Alpes en 1839. Il dessinait toujours les paysages qui l'avaient frappé ou les monuments qui rappelaient un souvenir comme celui-là, et il les envoyait à ses enfants.

— **Gavroche à onze ans.** — Il est assez amusant de retrouver ici ce dessin et de rappeler à ce propos un épisode de 1848. Les insurgés s'emparèrent alors de la maison dont une porte donnait sur l'impasse Guéménée, l'ancienne demeure de Marion de Lorme, (ce qui, par parenthèse, avait fait dire, par erreur, qu'elle avait habité à la Place Royale la maison de Victor Hugo). Ils ignoraient tout d'abord où ils étaient lorsqu'ils apprirent que c'était l'appartement du poète. Ils le visitèrent, mais sans déranger un meuble et sans toucher à un papier, et se retirèrent sans bruit. Seul, un gamin s'assit sur le fauteuil vide placé devant la table et lut le nom *Gavroche*. Or, ce fauteuil et cette table étaient dans la chambre à côté, alors cabinet de Victor Hugo, et le poète avait déjà commencé les *Misérables*.

Sur le panneau du fond :

— Un meuble fabriqué par Victor Hugo.

— A droite de ce meuble : la tête et le buste d'une jeune femme sur un miroir brisé avec ces mots : *Fracta Juventus* (jeunesse brisée), le nom de Victor Hugo en caractères rouges, et un burg.

C'est un souvenir triste et touchant en mémoire de sa chère

Léopoldine dont le bonheur fut interrompu en pleine jeunesse, à dix-neuf ans, lorsqu'elle périt à Villequier dans une promenade en barque avec son mari Charles Vacquerie.

— Un dessin de 1864 à Paul Meurice sur le panneau de droite.

— **Dolmen où m'a parlé la Bouche d'ombre.** (Dolmen, table de pierre), monument gothique formé d'une grande pierre posée sur deux autres pierres horizontales et formant table.

> L'homme en songeant descend au gouffre universel.
> J'errais près du dolmen qui domine Rozel;
> A l'endroit où le cap se prolonge en presqu'île,
> Le spectre m'attendait; l'être sombre et tranquille
> Me prit par les cheveux dans sa main qui grandit,
> M'emporta sur le haut du rocher et me dit :

> *(Ce qne dit la bouche d'ombre. — Les Contemplations.)*

— **Le Reichenberg**, crayon de Victor Hugo.

« Tout à coup on traverse une prairie, les lèvres du ravin s'écartent, et l'on voit surgir au sommet d'une colline boisée une admirable ruine. Ce Schloss, c'est le Reichenberg. C'est là que vivait, pendant les guerres du droit manuel du moyen-âge, un des plus redoutables entre ces chevaliers-bandits qui se surnommaient eux-mêmes *fléaux du pays.* »

> *(Le Rhin.)*

— **Constance.** Le palais du Conseil où fut jugé Jean Huss. (Souvenir d'un de ses voyages, 25 septembre 1869).

Vieux pont à Vianden, avec une guirlande de fleurs peintes. (14 juillet).

— **Un moulin, Ypres.**

Le nain de la nuit.

« Un corps trapu, un ventre visqueux et difforme. »

> *(Travailleurs de la mer.)*

— **Un canon.**

LA CHAMBRE MORTUAIRE

Vous entrez ensuite dans la chambre de Victor Hugo, sa dernière chambre, reconstituée telle qu'elle était avenue d'Eylau, lorsqu'il vint l'habiter en 1878, avec le même lit dans lequel il mourut le 22 mai 1885, à l'âge de 83 ans. Cette chambre occupe l'ancien cabinet de travail de Victor Hugo. « Ce cabinet, a écrit Victor Hugo, avait l'aspect d'une chambre d'étude... Tout y était épars dans le tranquille désordre du travail commencé... Il y avait deux tables, toutes deux couvertes des instruments de travail de l'écrivain. Tout y était mêlé : papiers et livres, lettres décachetées, vers, prose, feuilles volantes, manuscrits ébauchés. Sur l'une des tables étaient rangés quelques objets précieux : entre autres, la boussole de Christophe Colomb portant la date 1489 et l'inscription : la *Pinta*.

L'autre table était haute, le maître de la maison ayant l'habitude d'écrire debout. Sur cette table étaient les plus récentes pages de son œuvre interrompue. »

Ce qui domine toute la pièce, c'est une peinture de Victor Hugo mort, par Bonnat. Le grand artiste la donna au petit-fils du poète avec ces mots : A Georges Hugo, L. Bonnat, 22 mai 1885.

On doit la précieuse reconstitution de cette chambre aux petits-enfants du poète, à Georges et à Jeanne, qui, en souvenir de cette grande mémoire, ont fait ce noble et pieux sacrifice. Et c'est une émotion pleine de reconnaissance que leur doivent tous ceux qui pénètrent dans cette chambre dont les murs conservent l'écho des belles batailles de 1832 à 1848 et dont le mobilier a été le témoin intime de la vie du grand poète, dans les sept dernières années, de 1878 à 1885, mobilier bien simple, grave, avec son lit Louis XIII à colonnes, son chiffonnier avec un buste doré de la République que lui donna Léopold Hugo, sa commode, sa cheminée avec une pendule, deux chandeliers, et les portraits de ses petits-enfants de 1882, la table en bois noir dans l'angle près de la fenêtre, table historique car elle est le modèle de toutes celles qu'il a eues autrefois. Il l'avait achetée dans une boutique du faubourg Saint-Antoine, mais elle était trop basse pour lui parce qu'il avait l'habitude d'écrire debout. Il la fit surélever de toute la longueur qui sépare la planchette inférieure du parquet.

C'est de 1878 à 1885 qu'il publia la *Pitié suprême* (1879), *Religions et religion* (1880), les *Quatre vents de l'esprit* (1881), puis *Toute la Lyre*, la *Fin de Satan*, la dernière partie de la

Légende des siècles en 1883. Et combien d'œuvres encore qui ont paru après sa mort ont été écrites sur cette table !

Toute la chambre est tendue de damas rouge.

Chambre mortuaire de Victor Hugo.

Sur la table de travail :

Une des dernières pages autographes de Victor Hugo :

« Je représente un parti qui n'existe pas encore, le parti Révolution-civilisation.

Ce parti fera le vingtième siècle. Il en sortira d'abord les États-Unis d'Europe, puis les États-Unis du monde. »

SUR L'ESCALIER

DU SECOND AU TROISIÈME ÉTAGE

Sur les murs du second au troisième étage sont disposées quelques-unes des charges publiées sur Victor Hugo et sur l'époque romantique. Signalons-en une de Pilotell qui est très rare, et qui fut saisie, celle qui représente l'Institut de France avec tous les personnages célèbres du temps, sous des formes et dans des attitudes amusantes, Victor Hugo les dominant sur un rocher.

Au-dessus, une charge de Victor Hugo, par Prosper Mérimée; puis le fameux panthéon de Nadar avec la foule des célébrités, formant un long ruban tortueux et conduite par Victor Hugo.

Sur le palier du second au troisième :

Le dessin de J.-P. Laurens, **Waterloo**, est un des dramatiques épisodes des *Misérables* :

« Les combattants avaient autour d'eux comme un fourmillement de spectres, des silhouettes d'hommes à cheval, le profil noir des canons, le ciel blanc aperçu à travers les roues et les affûts; la colossale tête de mort que les héros entrevoient toujours dans la fumée, au fond de la bataille, s'avançait sur eux et les regardait. »

A côté :

Un dessin de Jean-Paul Laurens, **L'Ange-Liberté**, de la *Fin de Satan*.

Au-dessous et au centre :

Le Parisien du faubourg, de Decamps. Le fusil à la main.

> Il se lève formidable,
> Abordant l'inabordable,
> Prenant dans ses poings le feu,
> Sonnant l'heure solennelle,
> Ayant l'homme sous son aile
> Et dans sa prunelle Dieu!

> *(Les Quatre Vents de l'esprit.)*

Deux grisailles de Gaston et de Lucien Mélingue : **Don César de Bazan** (de *Ruy Blas*) et **Alphonse d'Este** (de *Lucrèce Borgia*); rôles joués par Mélingue, le père des deux artistes.

A gauche :

La Chute de Satan, de Jean-Paul Laurens.

> Il tombait foudroyé, morne, silencieux,
> Triste, la bouche ouverte et les pieds vers les cieux,
> L'horreur du gouffre empreinte à sa face livide.

> *(La Fin de Satan.)*

Claude Gueux, de Steinlen.

« Cette tête de l'homme du peuple, cultivez-la, défrichez-la, arrosez-la, fécondez-la, éclairez-la, moralisez-la, utilisez-la; vous n'aurez pas besoin de la couper. »

A droite :

Nemrod, de Rochegrosse.

> Nemrod était profond comme l'eau Nagaïn [1],
> Son arc avait été fait par Tubalcaïn,
> Et douze jougs de bœuf l'eussent pu tendre à peine;
> Il entendait marcher la fourmi dans la plaine;
> Chacune de ses mains, affreux poignets de fer,
> Avait pareils à des gonds six doigts de l'enfer;
> Ses cheveux se mêlaient aux nuages sublimes;
> Son cor prodigieux qui sonnait sur les cimes
> Était fait d'une dent des antiques mammons
> Et ses flèches perçaient de part en part les monts.

(La Fin de Satan.)

SUR LE PALIER DU TROISIÈME ÉTAGE

Au centre :

Un grand cadre renferme les photographies DE PASAGES près Saint-Sébastien. Dans un de ses voyages en 1839, Victor Hugo s'arrêta à Pasages où il séjourna plusieurs jours. Il a raconté cette excursion d'une façon bien pittoresque et avec beaucoup de verve dans *Alpes et Pyrénées*.

« La maison est posée en travers sur la rue comme le château de Chenonceaux sur le Cher, et la rue passe dessous au moyen d'une espèce d'arche de pont longue, étroite, voûtée et obscure...

Victor Hugo décrit sa chambre :

« Figurez-vous quatre murs blancs, deux chaises de paille, une cuvette sur trépied, un chapeau d'enfant orné de plumes et de verroteries suspendu à un clou; une tablette portant quelques pots de pommade et trois volumes dépareillés de Jean-Jacques Rousseau, un lit à baldaquin antique de fort belle perse avec deux matelas durs comme marbre et un chef de bois peint le plus joli du monde...

---

1. Lac central d'Afrique.

Son déjeuner :

« Huîtres, détachées le matin même des rochers de la baie, des côtelettes d'agneau, une loubine frite qui est un délicieux poisson, des œufs sur le plat sucrés, une crème au chocolat...

Voici mon dîner... Une excellente soupe, le puchero avec le lard et les pois chiches sans le safran et les piments, des tranches de merluche frite dans l'huile, un poulet rôti, une salade de cresson cueilli dans le ruisseau du lavoir, des petits pois aux œufs durs, un gâteau de maïs au lait et à la fleur d'oranger, des brugnons, des fraises et un verre de vin de Malaga...

Tout cela me coûte cinq francs par jour. »

(Alpes et Pyrénées.)

A droite du cadre des photographies de Pasages :

La Esmeralda, de Voillemot.

Jean Valjean et Cosette, de Geoffroy. — Jean Valjean rencontre l'enfant dans le bois et l'aide à porter son seau.

Le Cabaret de la rue du Paon, de Maillart. — La scène se passe à Paris, dans une arrière-boutique.

« Le premier de ces hommes s'appelait Robespierre, le second Danton, le troisième Marat. Ils étaient seuls dans cette salle. Il y avait devant Danton un verre et une bouteille de vin couverte de poussière, rappelant la chope de bière de Luther, devant Marat une tasse de café, devant Robespierre des papiers.....

Quelque chose comme de la colère grondait entre ces trois hommes. »

(Quatre-vingt-treize.)

La Parisienne, de Nittis, don d'Émile Blémont.

La Pieuvre, de Gustave Doré.

« Des huit bras de la pieuvre, trois adhéraient à la roche, cinq adhéraient à Gilliatt. De cette façon, cramponnée d'un côté au granit, de l'autre à l'homme, elle enchaînait Gilliatt au rocher. Gilliatt avait sur lui deux cent cinquante suçoirs.....

Gilliatt n'avait qu'une ressource : son couteau. »

(Les Travailleurs de la mer.)

A gauche :

L'évêque et le forçat, de Lix. — L'évêque Myriel donne l'hospitalité au forçat Jean Valjean.

« A table, dit-il vivement. Comme il en avait coutume lorsque quelque étranger soupait avec lui, il fit asseoir l'homme à sa droite. Mademoiselle Baptistine, parfaitement paisible et naturelle, prit place à sa gauche.

L'évêque dit le benedicite, puis servit lui-même la soupe, selon son habitude. »

(Les Misérables.)

Amy Robsart, de Tony Robert-Fleury. — Drame de jeunesse (1821), tiré d'un roman de Walter Scott : le *Château de Kenilworth*, que V. Hugo modifia plus tard, et que son beau-frère Paul Foucher fit représenter sous son nom à l'Odéon.

Les Jumeaux, de Tony Robert-Fleury. — Drame écrit par Victor Hugo en 1839, et inachevé. Les deux premiers actes sont complets, mais ne sont pas achevés, c'est-à-dire qu'ils n'ont pas été révisés par l'auteur et ont été publiés tels qu'ils ont été écrits du premier jet.

TROISIÈME ÉTAGE

LE MUSÉE INTIME

C'est le musée du foyer, ce sont les portraits de la jeunesse et de l'âge mûr, les souvenirs chers, les souvenirs riants, et aussi les souvenirs douloureux, quelques grands et quelques petits événements de la vie, et le tout dans un cadre de draperies d'un goût toujours sûr, avec des nuances discrètes dans leur fraîcheur un peu éteinte.

ANTICHAMBRE

L'antichambre est tapissée de photographies des funérailles de Victor Hugo à l'Arc de triomphe, au Panthéon, et du parcours suivi par le cortège.

COULOIR

Le couloir donne accès aux deux chambres du musée intime et conduit au musée populaire.

Sur le premier pan de mur :

Un grand cadre contenant des photographies de Guernesey et de Veules.

On voit Victor Hugo debout sur la terrasse qui couronne la maison de Guernesey.

Au-dessous, des photographies de Veules avec Victor Hugo, Vacquerie, Paul Meurice et ses trois filles, quand le poète venait se reposer dans la maison de son ami Paul Meurice.

Victor Hugo et les enfants pauvres de Guernesey. Victor Hugo, chaque année, réunissait les enfants pauvres, leur distribuait

Le Musée intime.

des jouets et des vêtements en même temps qu'il disait quelques paroles affectueuses aux mères. Il avait fondé de plus un dîner en 1861, et le donna tous les mois jusqu'à son retour en France en 1870.

Sur le second pan de mur :

La fête du 25 février 1881, de ROLL. — C'est le jour où Paris a célébré l'entrée de Victor Hugo dans sa quatre-vingtième année. Roll a saisi le moment où la foule salue, acclame le poète qui est à la fenêtre du petit hôtel de l'avenue d'Eylau ayant à ses côtés ses-petits-enfants. Dessin colorié très vivant, très vibrant.

Sur le troisième pan de mur :

Les obsèques de Charles Hugo, de VIERGE. — Le corbillard est accompagné par Victor Hugo, son fils François-Victor, Paul Meurice, A. Vacquerie, et par une foule qui grossissait sur tout le parcours. Des gardes nationaux (c'était pendant l'insurrection de 1871), ont quitté les barricades pour escorter le corbillard. Sur le parcours, les postes de gardes nationaux présentent les armes.

> Le fils mort et le père aspirant au tombeau
> Passent, l'un hier encor vaillant, robuste et beau,
> L'autre, vieux et cachant les pleurs de son visage,
> Et chaque légion les salue au passage.

(L'Année Terrible.)

PREMIÈRE CHAMBRE

DU MUSÉE INTIME

Dans la première chambre en tournant à gauche :

Un **portrait de Léopoldine**, la fille aînée de Victor Hugo, par DUBUFE, quand elle avait dix-sept ans environ et était encore jeune fille.

A côté, la petite fille toute rose, en robe grise, avec un minois éveillé, des boucles de cheveux châtains, c'est **Léopoldine** à l'âge de sept ans. Une admirable peinture de LOUIS BOULANGER.

Puis un portrait d'**Adèle**, la seconde fille de Victor Hugo, crayon de Mme VICTOR HUGO dont le talent si fin et si délicat était très admiré par tous les artistes qui fréquentaient la maison.

Léopoldine Hugo, par DUBUFE.

Victor Hugo a consacré à ses deux filles une pièce des *Contemplations*.

MES DEUX FILLES

Dans le frais clair-obscur du soir charmant qui tombe,
L'une pareille au cygne et l'autre à la colombe,
Belles, et toutes deux joyeuses, ô douceur !
Voyez, la grande sœur et la petite sœur
Sont assises au seuil du jardin, et sur elles
Un bouquet d'œillets blancs aux longues tiges frêles,
Dans une urne de marbre agité par le vent,
Se penche, et les regarde, immobile et vivant,
Et frissonne dans l'ombre, et semble, au bord du vase,
Un vol de papillons arrêté dans l'extase.

(Les Contemplations.)

Sur le même panneau :

Une précieuse miniature de **Victor Hugo** à l'âge de vingt-quatre ou vingt-cinq ans.

Sophie Trebuchet, la mère de Victor Hugo. La seule image qui reste d'elle. (Don de Mme Colombé née Trebuchet.)

..... Je vous dirai peut-être quelque jour
Quel lait pur, que de soins, que de vœux, que d'amour
Prodigués pour ma vie en naissant condamnée,
M'ont fait deux fois l'enfant de ma mère obstinée,
Ange qui sur trois fils attachés à ses pas
Épandait son amour et ne mesurait pas.

(Feuilles d'Automne.)

J'eus dans ma blonde enfance, hélas ! trop éphémère,
Trois maîtres : un jardin, un vieux prêtre et ma mère.

. . . .

Le prêtre, tout nourri de Tacite et d'Homère,
Était un doux vieillard. Ma mère — était ma mère !

« Vous n'avez pas connu ma noble et admirable mère. Vous ignorez tout ce que j'ai perdu, mais vous ne pouvez rien imaginer qui ne soit au-dessous de la vérité. »

Lettre à Jules de Rességuier, à Toulouse.
7 novembre 1821.

(Correspondance.)

Sur le panneau près de la cheminée le **Portrait de Mme Victor Hugo**, par Louis Boulanger. Elle avait environ trente-cinq ans. C'était l'époque où elle était dans cette même maison de la Place Royale et où elle recevait tous les hommes illustres, dans tout l'éclat de sa grâce et de sa jeunesse. C'était l'époque où Victor Hugo grandissait encore dans sa gloire.

A gauche, deux portraits, celui de **M. Foucher** et celui de **Mme Foucher**, père et mère de Mme Victor Hugo ; à droite, un portrait de **Mme Victor Hugo** à l'âge de vingt-quatre ou vingt-cinq ans, et au-dessous une **charge de Paul Foucher** par Eugène Delacroix (1832).

Sur le panneau de droite près de la cheminée : une VITRINE renfermant les habits de pair de France, de membre de l'Acadé-

Victor Hugo à vingt-quatre ans. (Miniature).

mie française et le caban du Siège de 1870-1871, une casquette avec cette inscription de la main de Victor Hugo :

Puisque vous y tenez, j'écris ici que cette casquette est celle avec laquelle j'ai quitté Paris après le coup d'Etat, dans la nuit du 11 au 12 décembre 1851.

V. H.

Donné à Jersey, le 22 octobre 1853.

— Près de la vitrine, le moulage de la tête de **Victor Hugo** mort, pris par un ouvrier de Dalou, M. Berteaux. Le moulage a servi au sculpteur pour sa belle œuvre exposée au premier étage. C'est un document d'une grande valeur historique.

A côté de la vitrine un dessin fort curieux de Victor Hugo, le dessin de son **blason** avec toutes les indications écrites de sa main et disposées de la façon suivante :

Panache simple
(vert) :

Argent.

Sable.

D'azur au chef d'argent
chargé de
deux merlettes de sables.

Couronne de comte :

1er carton : azur épée
et étoile
argent.

2e carton : gueules
Pont or maçonné
et ombré de sable.

3e carton : gueules
couronne murale
ou maçonnée de sable.

4e carton : azur
cheval argent.
Terre simple.

Manteau de pair azur doublé d'hermine.
Ego Hugo.

Le manteau formait le fond des armoiries et était doublé d'hermine. Ego Hugo au bas du blason, les deux mots entrelacés.

Près de la fenêtre **une table** protégée par une vitre, sur laquelle Victor Hugo a écrit une de ses œuvres les plus puissantes.

Elle porte cette inscription de la main du poète :

Je donne à Mme Drouet cette table sur laquelle j'ai écrit la *Légende des Siècles*.

Guernesey, V. H.

16 août 1859.

Au-dessus de la table :

Portrait de Léopoldine jeune femme, lorsqu'elle était mariée à Charles Vacquerie, le frère d'Auguste Vacquerie; on sait la lamentable fin de cette adorable jeune femme. Elle était mariée depuis sept mois à peine; elle avait dix-neuf ans; le 4 septembre 1843, en revenant de Caudebec en bateau avec son mari, un coup de vent violent engloutit la barque et les deux jeunes époux.

La veille, Léopoldine avait reçu une lettre de son père qui voyageait dans les Pyrénées, il lui disait :

« Avant peu tu auras ton père. Donc continue d'engraisser, de rire et de te bien porter. Rayonne, mon enfant, tu es dans l'âge... Écris-moi maintenant à la Rochelle, poste restante. »

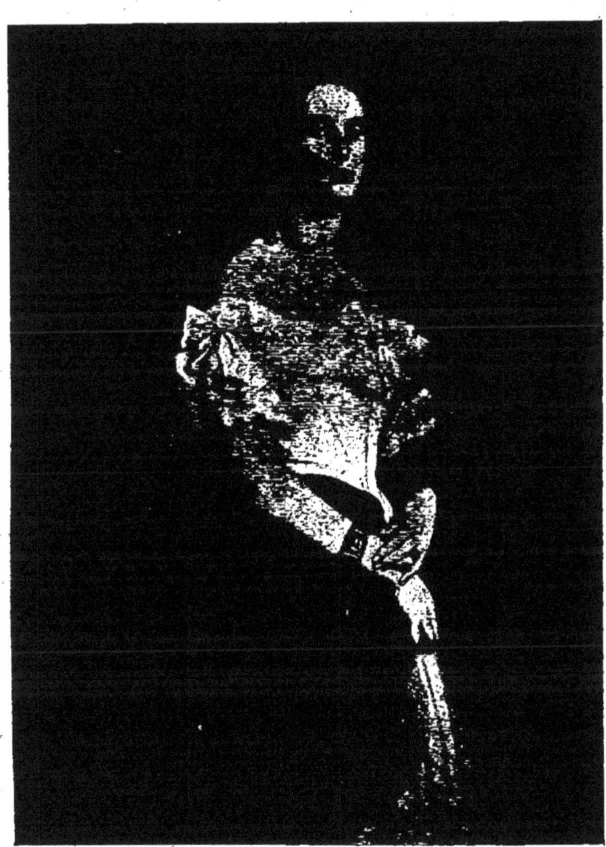

Madame Victor Hugo, par BOULANGER.

Ce fut une douleur affreuse pour Victor Hugo quand il apprit la fatale nouvelle. Jamais homme n'a souffert aussi cruellement, jamais âme en deuil n'a trouvé des accents plus poignants et plus pénétrants :

Oh ! je fus comme fou dans le premier moment,
Hélas ! et je pleurai trois jours amèrement.
Vous tous à qui Dieu prit votre chère espérance,
Pères, mères, dont l'âme a souffert ma souffrance,

Tout ce que j'éprouvais, l'avez-vous éprouvé ?
Je voulais me briser le front sur le pavé.
Puis je me révoltais, et, par moments, terrible,
Je fixais mes regards sur cette chose horrible,
Et je n'y croyais pas, et je m'écriais : non !
Est-ce que Dieu permet de ces malheurs sans nom,
Qui font que dans le cœur le désespoir se lève ?
Il me semblait que tout n'était qu'un affreux rêve,
Qu'elle ne pouvait pas m'avoir ainsi quitté,
Que je l'entendais rire en la chambre à côté,
Que c'était impossible enfin qu'elle fût morte
Et que j'allais la voir entrer par cette porte.

(Les Contemplations.)

A côté, le portrait de **Charles Vacquerie** et de sa femme Léopoldine.

Victor Hugo a consacré ces vers à Charles Vacquerie :

N'ayant pu la sauver, il a voulu mourir.
. . . .

Puisque tu fus si grand, puisque tu fus si doux
Que de vouloir mourir, jeune homme, amant, époux,
    Qu'à jamais l'aube en ta nuit brille !
Aie à jamais sur toi l'ombre de Dieu penché ;
Sois béni sous la pierre où te voilà couché ;
    Dors, mon fils, auprès de ma fille !

. . . .

O chers êtres absents, on ne vous verra plus
Marcher au vert penchant des coteaux chevelus,
    Disant tout bas de douces choses !
Dans le mois des chansons, des nids et des lilas,
Vous n'irez plus semant des sourires, hélas !
    Vous n'irez plus cueillant des roses !

(Les Contemplations.)

Dans un cadre **quatre têtes d'enfants** : les enfants de Victor Hugo : Didine (Léopoldine), Dédé (Adèle), (Charlot) Charles, Toto (François-Victor), crayons de Mme VICTOR HUGO.

Nous jouions toute la journée
O jeux charmants ! chers entretiens !
Le soir, comme elle était l'aînée (1),
Elle me disait : — Père, viens !

(1) Léopoldine.

Nous allons t'apporter ta chaise,
Conte-nous une histoire, dis !
Et je voyais rayonner d'aise
Tous ces regards du paradis.

Alors, prodiguant les carnages,
J'inventais un conte profond
Dont je trouvais les personnages
Parmi les ombres du plafond.

Toujours ces quatre douces têtes
Riaient, comme à cet âge on rit,
De voir d'affreux géants très bêtes
Vaincus par des nains pleins d'esprit.

(Les Contemplations.)

Le portrait de Léopoldine et de François-Victor à l'âge de dix ans, crayon de Mme VICTOR HUGO (1834).

— Un médaillon **d'Adèle**, la seconde fille de Victor Hugo, terre-cuite originale de DAVID D'ANGERS.

— Un petit tableau émouvant ; c'est **Léopoldine** étendue sur son sofa quand elle avait treize ans.

Le dessin est de Mme VICTOR HUGO et daté d'avril 1837, à l'époque où elle habitait cette maison. Au-dessous est encadré un échantillon d'une robe rouge à pois noirs pointillés de jaune qu'elle portait et que Victor Hugo aimait beaucoup ; il a écrit à côté : *Robe de Didine 1834*, sur un petit carré de papier bleu et les mots :

Oh ! la belle petite robe
Qu'elle avait, vous rappelez-vous ?

(Vers des Contemplations.)

Villequier, 1834.

L'humble enfant que Dieu m'a ravie,
Rien qu'en m'aimant savait m'aider :
C'était le bonheur de ma vie
De voir ses yeux me regarder.

(Les Contemplations.)

A travers mes songes sans nombre
J'écoutais son parler joyeux,
Et mon front s'éclairait dans l'ombre
A la lumière de ses yeux.

Elle avait l'air d'une princesse
Quand je la tenais par la main.
Elle cherchait des fleurs sans cesse
Et des pauvres dans le chemin.

Elle donnait comme on dérobe,
En se cachant aux yeux de tous.
Oh! la belle petite robe
Qu'elle avait, vous rappelez-vous?

Le soir, auprès de ma bougie,
Elle jasait à petit bruit
Tandis qu'à la vitre rougie
Heurtaient les papillons de nuit.

Les anges se miraient en elle.
Que son bonjour était charmant!
Le ciel mettait dans sa prunelle
Le regard qui jamais ne ment.

Oh! je l'avais, si jeune encore,
Vue apparaître en mon destin !
C'était l'enfant de mon aurore,
Et mon étoile du matin !

(Les Contemplations).

Villequier, 4 septembre 1844.

Entre les deux portes :

Une photographie de Mme **Victor Hugo** quand elle avait cinquante-cinq ans environ.

— Au-dessous, **le portrait de Léopoldine et de Charles**, de DEVÉRIA.

— **Les photographies de Charles Hugo et de François-Victor Hugo**, les fils du poète.

— **Un grand cadre** avec les photographies de Victor Hugo et

de ses petits-enfants, Georges et Jeanne, et de Mme Édouard Loc-
kroy qui avait épousé en premières noces Charles Hugo.

On remarquera une photographie de Georges et Jeanne debout
devant le buste du grand-père. La tête est couronnée de laurier.
C'est le buste de David d'Angers qui a été donné par Georges
Hugo à l'Institut.

SECONDE CHAMBRE

A gauche en entrant, une belle photographie de **Victor Hugo**
mort, par Nadar.

Au-dessous :

Un coin du cimetière de Villequier, de J. Adeline.

C'est à Villequier que sont enterrés les êtres chers. Sur la
pierre en avant, on lit : *Adèle, femme de Victor Hugo*. En 1868,
lorsque Mme Victor Hugo mourut, le poète exilé ne put suivre
la morte à Villequier. De loin, debout sur la frontière, il vit le
cercueil disparaître. L'adieu suprême fut dit sur la tombe par
Paul Meurice en ces termes :

« Elle était la femme de l'homme le plus grand qui soit, et, par le
cœur, elle se haussait à ce génie. Elle l'égalait presque à force de le
comprendre.

. . . .

« Victor Hugo m'a dit à la frontière hier au soir : « Dites à ma
fille qu'en attendant je lui envoie sa mère. » C'est dit, et je crois
que c'est entendu. »

Sur une autre pierre on lit : Charles Vacquerie, âgé de 26 ans,
et Léopoldine Vacquerie, née Hugo, âgée de 19 ans, 1843. Sur les
tombes poussent des fleurs. Et chaque année un ami allait
cueillir sur la tombe de Léopoldine une fleur qu'il envoyait au
père en exil. Victor Hugo la gardait précieusement dans les
carnets ou les cahiers sur lesquels il inscrivait chaque jour ses
occupations de la journée ou les incidents et les événements du
jour, il mettait la fleur séchée dans une enveloppe ou la fixait
en la collant avec cette suscription ou une semblable : « X...
m'a rapporté une fleur cueillie sur leur tombe à Villequier. Je
l'ai baisée, puis j'ai refermé l'enveloppe. »

C'est sur un de ses carnets qu'il écrivait quand il alla en
Normandie au retour d'exil et qu'il séjourna à Villequier :

« Après le déjeuner je suis allé au tombeau de ma fille. Le cimetière touche à l'église. Le tombeau de Léopoldine est au centre d'une grande tombe de famille composée de tombeaux séparés. Son mari est près d'elle avec une inscription qui rappelle leur mariage et leur mort. On lit : *De profundis clamavi ad te.* Devant est le tombeau de ma femme, avec cette inscription : Adèle, femme de Victor Hugo. Autour sont les tombeaux de la famille Vacquerie. Je suis resté là jusqu'à six heures du soir. Je suis entré dans l'église.

L'église de Villequier du xve siècle est simple, mais belle et bien tenue. Je suis allé au tombeau prier. Ils m'entendent. Je les entends. »

La maison natale de Victor Hugo à Besançon. — Elle donne sur la place de Saint-Quentin : construction sévère à trois étages du xviiie siècle. Victor Hugo la quitta six semaines après sa naissance. Son père, alors chef de bataillon, avait reçu l'ordre de partir pour Marseille. Victor Hugo ne devait jamais revenir à Besançon. C'était sa première maison.

Maison natale de Victor Hugo,
par GASTON COINDRE.

— La maison de l'avenue d'Eylau, 130 (aujourd'hui avenue Victor Hugo), la dernière qu'il habita et dont on a vu la chambre à coucher au second étage. Le dessin représente la façade de derrière qui donne sur le jardin. C'est devant cette maison qu'eut lieu le grand défilé du peuple de Paris à l'occasion de ses quatre-vingts ans.

Sur le panneau qui fait suite, à côté de la fenêtre. En haut :

— **Chambre à coucher** de Léopoldine et de son mari Charles Vacquerie au Havre, quand ils habitaient chez M. Lefèvre, beau-frère de Charles.

— **Une photographie de Victor Hugo,** avec son petit-fils Georges âgé de 15 ans.

— **Victor Hugo et ses petits-enfants,** de Benjamin Constant (1878), avec une allégorie au fond. Georges avait neuf ans, Jeanne huit ans.

Au-dessous :

Le voyage d'Espagne. — Le général Hugo, lors de la campagne d'Italie et d'Espagne, avait suivi Joseph Bonaparte qui, à peine installé comme roi de Naples, était devenu roi d'Espagne. Il était séparé de sa femme et de ses enfants depuis trois ans, il désirait les revoir. Mme Hugo se mit en route pour Madrid avec ses enfants, au printemps de 1811. Victor Hugo avait neuf ans ; mais comme les routes n'étaient pas sûres, il fallait profiter du départ d'un de ces convois qui transportaient quatre fois par an le trésor. Le trésor, c'était l'argent envoyé par Napoléon à son frère Joseph. Et il était escorté par des soldats et des canons afin de le protéger contre les convoitises des guerilleros espagnols. Mme Hugo avait un grand carrosse rococo ; la gravure représente le défilé du convoi et de l'escorte composée de quinze cents fantassins, de cinq cents chevaux et de quatre canons.

Les ruines du château de Vianden. — Dédié à Son Altesse le prince Henri des Pays-Bas.

C'est une gravure que Victor Hugo acheta lors de son séjour à Vianden après son expulsion de Belgique en 1871. Et il a écrit cette phrase :

Le passé n'est beau qu'ainsi... en ruine.

V. H.

1871.

Le quai d'Anvers, de Lix. — Victor Hugo exilé s'était réfugié à Bruxelles le 11 décembre 1851 après avoir épuisé jusqu'à la dernière chance de résistance au coup d'État. Là, il écrivit *l'Histoire d'un Crime* et *Napoléon le Petit*. Le gouvernement belge fit une loi, la loi Faider, du nom de son auteur, qui était dirigée contre la liberté de penser et, en réalité, contre Victor Hugo. Le poète dut chercher un autre asile. Le 1er août 1852, il s'embarquait à Anvers pour l'Angleterre. Il fut accompagné jusque sur le quai par les libéraux belges, et les proscrits français ; Madier de Montjau, Émile Deschanel, Dussoubs, Agricol Perdiguier lui adressèrent des paroles d'adieu. Il leur répondit :

« J'ai été exilé de France pour avoir combattu le guet-apens de Décembre, et m'être colleté avec la trahison. Je suis exilé de Belgique pour avoir fait *Napoléon le Petit*. »

Et il prononça un discours affirmant sa foi dans le triomphe et l'avenir de la République.

A côté de Victor Hugo se tient Alexandre Dumas.

Sur le panneau du fond :

Gentilly. — Victor Hugo a écrit ces vers sur ce dessin :

> Vallon, j'ai bien souvent laissé dans ta prairie
> Comme une eau murmurante errer ma rêverie.

Il a écrit aussi ces lignes :

Ce dessin représente la tour que j'habitais en 1822 et 1823, près du clocher de Gentilly. Il m'a été donné par Boulanger, le jour de ma fête, 21 juillet 1832.

M. et Mme Foucher avaient loué une petite maison à Gentilly pour y passer leur villégiature annuelle avec leur fille Adèle. Le général Hugo avait consenti au mariage de son fils Victor avec Adèle en 1822. Les Foucher avaient installé le fiancé dans un ancien colombier en forme de tourelle situé dans le jardin attenant à la maison. Victor prenait ses repas chez les Foucher. C'est à cette époque que parut le volume d'*Odes et poésies diverses* dont Victor Hugo offrit à Adèle le premier exemplaire : il se trouve dans la vitrine au-dessous du dessin. Ce premier volume lui rapporta sept cents francs, qu'il consacra à l'achat d'un cachemire français pour sa fiancée.

Mort de François-Victor Hugo, un bois, par CHIFFLART. — Le second fils de Victor Hugo est étendu sur son lit de mort, le 26 décembre 1873. Victor Hugo est là, à son chevet. Dans l'ombre la figure de Charles qui vient consoler le père. Il perdait son dernier fils, sa crainte terrible se réalisait, sa maison était désormais sans enfants.

> Seigneur ! préservez-moi, préservez ceux que j'aime,
> Frères, parents, amis, et mes ennemis même
> Dans le mal triomphants,
> De jamais voir, Seigneur, l'été sans fleurs vermeilles,
> La cage sans oiseaux, la ruche sans abeilles,
> La maison sans enfants !
>
> (*Les Feuilles d'Automne.*)

Il lui restait heureusement ses petits-enfants qu'il a adorés et qu'il a chantés.

Renée-Louise Le Normand du Buisson, épouse de Jean-François Trebuchet, mère de la générale Hugo, grand'mère maternelle de Victor Hugo, native de Saint-Fiacre, petite commune à trois lieues de Nantes. Elle s'était mariée le 22 septembre 1767, et sa fille, Sophie-Françoise Trebuchet, qui devait épouser le général Sigisbert Hugo, naquit le 19 juin 1772 pendant que son père était en mer. (Don de M. Léon Trebuchet).

Au-dessous un portrait de Victor Hugo, daté de 1820. Il avait dix-huit ans. C'est l'année où il composa les odes le *Rétablissement de la statue de Henri IV*, les *Vierges de Verdun, Moïse sur le Nil* et où il eut l'amaranthe d'or, le lis d'or, et devint maître ès jeux floraux de l'Académie de Toulouse. C'est l'année où il publie avec son frère Abel la revue le *Conservateur littéraire*, où il commence son roman, où il écrit *l'Ode sur la mort du duc de Berry*, où il consacre une ode à Chateaubriand qu'il aime et qu'il admire, le *Génie*. C'est l'année où il publie son ode *la Naissance du duc de Bordeaux*.

Le portrait de Victor Hugo, peinture de Chifflart, de 1868. Il avait 66 ans.

Jean-François Trebuchet, grand-père maternel de Victor Hugo, père de Mme Hugo, la mère du poète, capitaine de navire, l'inventeur du sextant, instrument dont se servent les marins pour mesurer les angles. Il était né à Auverné, petit bourg de l'arrondissement de Châteaubriant. (Don de M. Léon Trebuchet.)

Au-dessous, un portrait de Mme Victor Hugo (Adèle Foucher), par Devéria (1825).

Plantation de l'arbre de la liberté place des Vosges en 1848, de Vogel. — A cette cérémonie Victor Hugo prononça un discours. Il est debout sur une chaise.

« Le premier arbre de la liberté a été planté, il y a dix-huit cents ans, par Dieu même sur le Golgotha. Le premier arbre de la liberté, c'est cette croix sur laquelle Jésus-Christ s'est offert en sacrifice pour la liberté, l'égalité et la fraternité du genre humain. »

(Extrait du discours de Victor Hugo.)

(*Actes et Paroles.*)

Au-dessous :

Une photographie bien curieuse de **Victor Hugo** avec un chapeau mou, vers 1853.

Un portrait de Victor Hugo, de Célestin Nanteuil, de 1832, quand il avait 30 ans.

Dessin d'après nature, qui lui a servi pour mettre au centre des eaux-fortes, qu'il fit pour l'illustration projetée des Œuvres de Victor Hugo dont il n'exécuta que quatre planches.

Dessin à la mine de plomb.

La dernière photographie de Victor Hugo. — Elle a été prise chez lui par M. Gallot, le 12 avril 1885, c'est-à-dire un mois et dix jours avant sa mort.

A l'angle des panneaux, un buste de **Victor Hugo**, de Deloye.

— **Un portrait de François-Victor enfant**.

— **Ananké**, de Boulanger. — C'est Victor Hugo avec un manteau noir, montant l'escalier en colimaçon des tours de Notre-Dame, et il voit le mot grec Ananké (fatalité) écrit sur le mur dans un recoin obscur.

« Il y a quelques années qu'en visitant, ou, pour mieux dire, en furetant Notre-Dame, l'auteur de ce livre trouva, dans un recoin obscur de l'une des tours, ce mot gravé sur le mur :

ΑΝ'ΑΓΚΗ

Ces majuscules grecques, noires de vétusté et assez profondément entaillées dans la pierre, je ne sais quels signes propres à la calligraphie gothique empreints dans leurs formes et dans leurs attitudes, comme pour révéler que c'était une main du moyen-âge qui les avait écrites là, surtout le sens lugubre et fatal qu'elles renferment, frappèrent vivement l'auteur.

Il se demanda, il chercha quelle pouvait être l'âme en peine qui n'avait pas voulu quitter le monde sans laisser ce stigmate de crime ou de malheur au fond de la vieille église.

Depuis on a badigeonné ou gratté (je ne sais plus lequel), et l'inscription a disparu. »

(Introduction de *Notre-Dame de Paris*.)

Au-dessous, un cadre contenant quatre photographies du

poète, c'est **L'avant-dernière photographie de Victor Hugo en 1885.**

Le poète était triste, il avait été frappé par un deuil cruel, et son expression traduisait la douleur dont il était accablé. Le photographe Chalot invitait Victor Hugo à sourire un peu.

« C'est impossible, dit-il, j'ai trop souffert, je souffre trop, et je ne puis changer d'expression, et je n'en changerai pas avant long-temps. ».

Le photographe ne parvenait pas à vaincre cette tristesse. Il eut alors l'idée de faire entrer sa petite fille, un bébé de deux ou trois ans. Victor Hugo sourit à l'enfant, et le photographe saisit instantanément la seconde où la physionomie s'illumina. Dans ce cadre où se trouvent les trois épreuves prises successive-ment avec des expressions diverses de mélancolie et de tristesse, on peut surprendre les tentatives du photographe, pour obtenir du poète qu'il modifie son expression, et suivre en même temps les efforts de Victor Hugo pour satisfaire au désir qui était manifesté. Mais le photographe avait échoué. A la quatrième épreuve il réussit, la physionomie est toute souriante, le sourire rapide, instantané, fixé sur la plaque au moment de l'apparition du bébé.

A côté :

— Une petite gravure représentant un groupe de maisons sur la **Place de l'Hôtel de Ville à Bruxelles.** Sur l'une d'elles on lit : *Débit de tabac.* C'est cette maison que Victor Hugo habita lorsqu'il fut proscrit au coup d'État. Il y resta du 5 janvier au 1er avril 1852. Il avait dit à Mme Victor Hugo de lui adresser là ses lettres sous le nom de M. Lanvin.

« J'ai prévenu mon hôte, lui écrivait-il, que si l'on demandait M. Lanvin c'était moi, et que si l'on demandait Victor Hugo c'était moi. Ainsi je vis là sous mes deux espèces. »

Il avait loué pour presque rien les meubles indispensables. Il écrivait encore à Mme Victor Hugo :

« Je travaille à force un récit du 2 décembre. »

Son livre l'*Histoire d'un Crime* ne fut publié que vingt-cinq ans plus tard.

Il menait là une vie stoïque pour ne pas dépendre des autres, et n'être pas livré sans défense aux éditeurs.

« J'ai un grabat, une table, deux chaises, je travaille toute la journée et je vis avec 1200 fr. par an. » (Lettre à Mme Victor Hugo.)

Il avait établi ainsi son devis par jour : loyer, 1 franc ; Déjeuner (une tasse de chocolat), 0,50 ; dîner, 1 fr. 25 : feu, 0,25 ; soit 3 francs ou 90 francs par mois, le reste (10 francs) pour le blanchissage, les pourboires, etc.

Son fils aîné, Charles, était venu le retrouver en sortant de la Conciergerie où il purgeait une condamnation de presse.

« Or, écrit Victor Hugo à sa femme, l'autre soir il (Charles) était sorti. Je travaillais. A minuit on frappe à ma porte. — Entrez. — Monsieur, me dit l'hôtesse, monsieur votre fils a-t-il la clef ? (de la porte du dehors). — Non. madame. — Comment faire alors ? — Couchez-vous. Je vais descendre dans votre boutique (l'entrée de mon logis est une boutique de tabac), j'écrirai tout aussi bien sur votre comptoir que sur ma table, et j'attendrai mon fils.

Je me suis installé en effet dans le comptoir ; je me suis perché sur le haut tabouret de la marchande, et j'ai écrit là. »

On raconte que, parfois, des passants attardés, voyant de la lumière encore chez le marchand, entraient et demandaient du tabac. L'homme qui écrivait s'interrompait et servait les clients. C'est dans cette boutique qu'il écrivit des pages de l'*Histoire d'un Crime* et de *Napoléon le Petit*.

Sur le panneau de droite, un **Portrait de Victor Hugo**, portant le ruban de la Légion d'honneur. Il fut décoré en même temps que Lamartine en 1826, il avait vingt-quatre ans ; il allait à cette époque rejoindre son père à Blois avec sa femme et sa petite Léopoldine, âgée de deux ans. Le père le reçut à la descente de la diligence, et lorsque Victor lui apprit sa promotion dans la Légion d'honneur, le général détacha aussitôt d'un de ses uniformes son ruban gagné sur les champs de bataille et l'attacha sur la poitrine de son fils.

Eugène Hugo, le second frère de Victor Hugo, le compagnon d'études et de jeux.

> Tu dois te souvenir des vertes Feuillantines
> Et de la grande allée où nos voix enfantines,
> Nos purs gazouillements,
> Ont laissé dans les coins des murs, dans les fontaines,
> Dans le nid des oiseaux et dans le creux des chênes
> Tant d'échos si charmants !
>
> (*Les Voix intérieures.*)

Francis Hugo, un des frères du général Hugo, un des oncles de Victor Hugo. Victor Hugo avait sept oncles. Cinq furent tués dès le commencement de la guerre, aux lignes de Wissembourg ; deux survécurent, Francis, qui devint major d'infanterie, et Louis, qui mourut général de brigade.

Au-dessus :

Le portrait de son père, le général **Sigisbert Hugo**, qui fit la campagne du Rhin, la guerre d'Espagne, la guerre d'Italie, la campagne de France. Il admirait le grand guerrier.

> Toi, mon père, ployant ta tête voyageuse,
> Conte-nous les écueils de ta lutte orageuse,
> Le soir, d'un cercle étroit en silence entouré.
> Si d'opulents trésors ne sont plus ton partage,
> Va, tes fils sont contents de ton noble héritage :
> Le plus beau patrimoine est un nom révéré.
>
> . . . .
>
> Lègue à mon luth obscur l'éclat de ton épée,
> Et du moins qu'à ma voix, de ta vie occupée,
> Ce beau souvenir prête un charme solennel.
> Je dirai tes combats aux muses attentives,
> Comme un enfant joyeux, parmi ses sœurs craintives,
> Traîne, débile et fier, le glaive paternel.
>
> *(Odes et Ballades.)*

Août 1823.

Il célèbre l'Arc de triomphe dans les *Voix intérieures* ; un regret se mêle à son chant, c'est que le nom de son père n'ait pas été inscrit sur le monument.

> Alors, sous ta grandeur je me courbe effrayé,
> J'admire, et, fils pieux, passant que l'art anime,
> Je ne regrette rien devant ton mur sublime
> Que Phidias absent et mon père oublié !

Le portrait de Louis Hugo, le frère de Sigisbert Hugo, l'oncle de Victor Hugo. Il était colonel à l'époque de la guerre d'Espagne en 1811, Victor Hugo se souvint toujours d'un récit qu'avait fait son oncle sur la bataille d'Eylau.

> A mes frères aînés, écoliers éblouis,
> Ce qui suit fut conté par mon oncle Louis
> Qui me disait à moi, de sa voix la plus tendre :
> — Joue, enfant ! — me jugeant trop petit pour comprendre.
> J'écoutais cependant, et mon oncle disait :

> — Une bataille, bah ! savez-vous ce que c'est ?
> De la fumée. A l'aube on se lève, à la brune
> On se couche ; et je vais vous en raconter une,
> Cette bataille-là se nomme Eylau. Je crois
> Que j'étais capitaine et que j'avais la croix.

Et Victor Hugo a fait, dans la *Légende des Siècles*, un des plus poignants récits de cette bataille.

Sur le panneau près de la porte de communication des deux chambres :

Hauteville-House à Guernesey. — La salle à manger, le salon, la galerie de chêne, le look-out.

Victor Hugo écrivait à Jules Janin :

« La maison de Guernesey, avec ses trois étages, son toit, son jardin, son perron, sa crypte, son *look-out* et sa plate-forme, sort tout entière des *Contemplations*. Depuis la dernière poutre jusqu'à la dernière tuile, les *Contemplations* payeront tout, ce livre m'a donné un toit. »

La Salle à manger, aux murailles couvertes de faïences de Hollande du XVIIᵉ siècle, avec une immense mosaïque à fond bleu et blanc représentant de gros bouquets de fleurs peintes et jetés dans des vases par des animaux bizarres. Tout autour, des bancs de chêne aux dossiers élevés ; au milieu, une grande table carrée en chêne ; une cheminée en carreaux verts et bleus sur laquelle est une Notre-Dame de Bon-Secours, transformée en liberté, dont Victor Hugo a fait le dessin qui se trouve au premier étage.

Le Salon bleu avec cheminée en bois doré, des tentures de jais blanc. Au milieu, les quatre encriers de Lamartine, George Sand, A. Dumas et Victor Hugo qui se trouvent au premier étage du musée.

La Galerie de chêne. — Au centre, un immense chandelier en chêne derrière une balustrade en chêne, et, après la balustrade, un vaste divan.

Le Look-out ou belvédère, ressemblant à la cabine d'un capitaine avec une vue magnifique sur la mer : une planchette sur laquelle Victor Hugo écrivait debout et des divans qui étaient couverts de ses manuscrits. C'est de là que partirent les *Misé-*

rables, *William Shakespeare*, les *Chansons des Rues et des Bois*, les *Travailleurs de la mer*, *l'Homme qui rit*. La plus grande partie des *Contemplations* et des *Chansons des-Rues et des Bois*, avait été composée en France, mais, sauf les premiers chapitres, les *Misérables* furent écrits là.

La visite domiciliaire, de Lix. — (Journées de juin 1848).

Ceci se passait au numéro 6 de la place Royale, dans cette même maison, alors que Victor Hugo était membre de l'Assemblée constituante.

« Cette maison avait une cour qui, par une porte de derrière, communiquait avec une impasse donnant sur une des grandes rues de Paris. Le concierge nommé Desmasières, ouvrit cette porte aux insurgés, qui, par là, se ruèrent dans la cour, puis dans la place.

.   .   .   .

En entrant dans la cour un d'eux cria : « C'est ici la maison du pair de France ! »

.   .   .   .

Ils montèrent au second étage. Ils emplissaient le grand escalier et la cour. Une vieille femme qui gardait le logis en l'absence des maîtres, leur ouvrit, éperdue. Ils entrèrent pêle-mêle, leur chef en tête. L'appartement désert avait le grave aspect d'un lieu de travail et de rêverie.

Au moment de franchir le seuil, Gobert, le chef, ôta sa casquette et dit :

— Tête nue !

Tous se découvrirent.

Une voix cria :

— Nous avons besoin d'armes.

Un autre ajouta :

— S'il y en a ici nous les prendrons. »

Les insurgés ne touchèrent à rien. Sur l'une des tables du cabinet de travail il y ayait la boussole de Christophe Colomb portant la date 1489 et l'inscription *la Pinta*.

Le chef Gobert s'approcha, prit cette boussole, l'examina curieusement, et la reposa sur la table en disant :

— Ceci est unique. Cette boussole a découvert l'Amérique. »

(Actes et Paroles.)

Victor Hugo termine en disant que le défilé avait duré plus d'une heure et que pas un objet précieux ne manquait, pas un papier n'avait été dérangé. Et il compara cette attitude respectueuse du peuple avec celle de la jeunesse élégante qui assiégeait sa maison à Bruxelles, le 27 mai 1871, et jetait des pierres dans ses vitres lorsqu'il voulut offrir un asile aux réfugiés.

Réception de Victor Hugo à l'Académie française, de Vogel, 2 juin 1841. — Le public habituel des réceptions académiques, élégant, pressé. Au fond, Victor Hugo debout entre ses deux parrains et lisant son discours; devant la porte de face, le bureau: le directeur, M. de Salvandy, qui répondait à Victor Hugo, entre le secrétaire perpétuel et le chancelier.

DANS LES VITRINES

Dans la vitrine près de la fenêtre :

— Un volume précieux, c'est le premier volume publié par Victor Hugo en 1822 chez Pélicier, libraire, place du Palais-Royal. Il portait le titre *Odes et poésies diverses* par Victor Hugo.

M. Paul Meurice a retrouvé ce premier exemplaire. Il est relié avec une couverture marbrée bleue et un dos de basane vert.

Sur la page du titre on lit :

Premier exemplaire :

A mon Adèle bien aimée, à l'ange qui est ma seule gloire comme mon seul bonheur.

Victor.

Il y a tout un poème dans cette dédicace et dans l'écriture de cette dédicace.

Les mots *premier exemplaire* ont été écrits évidemment avec une plume fatiguée, trop grosse, trop chargée d'encre. Les caractères sont gras parce que le papier est mince, presque transparent et a bu l'encre.

Victor a rejeté la mauvaise plume. Songez donc, c'est sa première œuvre et le premier exemplaire sorti des presses et un exemplaire qu'il offre à sa fiancée. Double motif de fierté. Il veut s'appliquer. Il prend une plume neuve parce qu'il va écrire les mots : *à mon Adèle bien aimée*; et alors les traits sont plus minces, plus déliés, plus nets; on sent une main plus ferme, plus décidée, surtout lorsqu'il annonce à celle qu'il aime qu'elle n'a rien à redouter de la poésie. Elle est sa *seule gloire*, son *seul bonheur*. Comment ne serait-elle pas rassurée ? Sans doute il est fier de lui envoyer le volume, non comme un rival mais comme un garant qu'il est digne d'elle et de son amour.

Mais comment l'exemplaire de ce petit livre « mal fagoté »,

Passeport de Victor Hugo, représentant du peuple (1849).

comme disait Louis XVIII, quand son lecteur le lui apporta enveloppé d'une couverture rudimentaire, fut-il mis entre les mains de Paul Meurice ? Car jusqu'en ces derniers jours, on en ignorait l'existence. L'histoire vaut d'être contée.

Un matin, Paul Meurice reçut une lettre d'une personne qu'il ne connaissait pas, et dont l'attention avait été attirée par des notes de journaux annonçant l'inauguration prochaine de la Maison de Victor Hugo.

Cette personne, qui n'habitait pas Paris, l'avertissait qu'elle avait entre les mains un petit volume de Victor Hugo qui pourrait l'intéresser.

La curiosité de Paul Meurice était déjà vivement excitée ; elle le fut plus encore lorsqu'il vit le volume et lut la dédicace. Mais comment ce petit livre était-il devenu la possession de cette personne !

Un jour, une de ses voisines ayant besoin de faire une recherche dans le dictionnaire de Bouillet lui dit : — Vous avez un Bouillet, voulez-vous me le prêter?

— Certainement ; le voici.

La voisine le prit, le rapporta et demanda : — N'auriez-vous pas une édition antérieure ?

— Parfaitement.

— Alors, vous avez deux Bouillet?

— Oui.

— Voulez-vous m'en céder un, et, en échange, je vous donnerai un petit volume de Victor Hugo?

C'était le *premier exemplaire d'Odes et poésies diverses* avec la dédicace à la fiancée.

Comment ce livre était-il entre les mains de la voisine? Elle le tenait sans doute d'une autre personne? Il avait été dérobé. Il a passé de mains en mains. Comment? Sait-on jamais la destinée des livres, l'histoire de leurs pérégrinations, comment ils nous ont échappé? Nous savons seulement parfois comment on les retrouve, et, dans la circonstance, c'est le dénouement heureux de l'aventure qui nous intéresse.

— Un volume très curieux est le volume des **Châtiments** avec l'abeille d'or sur la couverture qui a été donné par M. Koch.

Victor Hugo a raconté lui-même dans des lignes manuscrites en tête du volume l'histoire de cette abeille.

« L'abeille qui est sur la couverture de ce livre, avant d'orner les *Châtiments*, avait orné le trône impérial. Elle était brodée sur le velours de l'immense manteau pourpre qui descendait en lambrequin du dais et couvrait le trône aux Tuileries. En septembre 1870 M. Jules Claretie, membre de la Commission des recherches des papiers de Bonaparte, a détaché lui-même cette abeille du manteau du trône et me l'a apportée.

VICTOR HUGO.

21 mai 1872.

Sur une seconde page il cite ses vers des *Châtiments :*

> Filles de la lumière, abeilles,
> Envolez-vous de ce manteau.

Sur une troisième page :

Premier exemplaire :

> Aux pieds de ma Providence.
>
> VICTOR HUGO.

— La canne offerte par B. JUAREZ « A l'illustre Victor Hugo. »

— Les plumes d'oie, avec lesquelles Victor Hugo a écrit les *Misérables*, aux becs usés, largement ouverts, écrasés.

— Les médaillons de Victor Hugo et d'Adèle Hugo, par DAVID D'ANGERS (1828). Victor Hugo avait vingt-six ans.

— La médaille de Victor Hugo, par CHAPLAIN.

—. Pain du Siège, le morceau d'un pain mangé chez Paul Meurice, le 26 janvier 1871.

— Des morceaux de fer, des balles, un fer à cheval, trouvés par Victor Hugo en 1861, à Waterloo, dans la terre, sous le tertre de Napoléon.

— Moulages de la main de Victor Hugo, en 1877, en 1883, et en 1885.

— Des cheveux de Victor Hugo châtains, puis grisonnants, puis blancs en 1835, 1845, 1857 et avril 1885, un mois avant sa mort.

Dans la seconde vitrine près de la porte :

Des passeports.

— Le bail de la place Royale, l'appartement du second loué par Victor Hugo au prix de 1500 francs.

— Les cocardes tricolores, cueillies par Victor Hugo dans la plaine de Waterloo, juin 1861 (bleuet, marguerite, coquelicot).

Victor Hugo a écrit de sa main :

Cocardes tricolores qui repoussent dans la plaine de Waterloo
(espèce vivace). Celle-ci a été trouvée par moi le 18 juin 1861 au pied
de la butte du lion.

C'était l'époque où Victor Hugo écrivait les *Misérables* et
recueillait des documents pour son chapitre de Waterloo.

— **Des lettres adressées à Victor Hugo à tous les domiciles**
qu'il a occupés à Paris.

— **La couronne de Marie Tudor**, achetée à la vente de
Melle Georges.

Dans un cadre un document fort intéressant, **la Proclama-**
tion de la révolte contre le coup d'État de 1851 écrite par
Baudin sous la dictée de Victor Hugo et ainsi conçue :

Louis-Napoléon Bonaparte a violé la Constitution *qu'il avait*
jurée. Il s'est mis hors la loi !
Les représentants républicains rappellent au peuple et à l'armée
l'article 110 ainsi conçu : « L'assemblée constituante confie la défense
de la présente constitution et des droits qu'elle consacre à la garde
et au patriotisme de tous les Français. »
Que le peuple fasse son devoir. Les représentants républicains
marcheront à sa tête.
Le peuple désormais et à jamais en possession du suffrage universel
et qui n'a besoin d'aucun prince pour le lui rendre saura châtier les
rebelles.

Au dos de cette proclamation Victor Hugo a écrit les lignes
suivantes :

Ceci est la proclamation de la gauche pour appeler le peuple aux
armes. Dictée par moi dans la réunion de la rue Blanche numéro
70 le matin du 2 décembre.

Baudin prit une plume et cette feuille de papier et écrivit sous ma
dictée :

Cette proclamation est entièrement écrite de la main de Baudin.
Les corrections sont de ma main.

Bruxelles 12 décembre 1852.

VICTOR-HUGO.

Nous avons souligné dans la proclamation les corrections de
Victor Hugo.

Au plafond, un étendard célèbre qui fut donné à Victor Hugo
par le lieutenant Éblé, fils du général, et autrefois son camarade

à Louis-le-Grand en mathématiques spéciales et devenu son collègue à la Chambre des pairs. A la prise d'Alger en 1830, Éblé, dont la batterie avait ouvert la brèche, entra le premier dans la ville avec son camarade Daru. Et pendant que les troupes arrivaient pour se ranger, Éblé et Daru obtinrent la permission du capitaine de pénétrer dans la casbah, et le jeune lieutenant rapporta cet étendard qui figura dans le salon de la place Royale et qui décore aujourd'hui le plafond du musée intime.

LE MUSÉE POPULAIRE

Dans la dernière salle du fond :

Le Musée populaire, son nom l'indique, c'est la gloire en

Pipes représentant la tête de Victor Hugo.

petits sous, c'est le portrait de l'homme de génie sous toutes ses faces, sous tous ses aspects, ce sont les titres de ses œuvres, les personnages de ses romans, les scènes de ses drames, exploités par la petite industrie, en images, en chansons, en médailles, en ameublement, en confiserie, en parfumerie, en faïence, en verrerie, en papeterie, en cartes postales et en enseignes. C'est le souvenir à bon marché, le souvenir des grandes dates, des grandes fêtes, des anniversaires, des grands succès, le souvenir qu'on trouve dans toutes les mansardes.

Nul plus que Victor Hugo n'a prêté à ce genre de publicité populaire par l'objet. Et il fallait le zèle, la patience et la persévérance de M. Paul Beuve, l'organisateur de ce musée, pour réunir une collection complète de bibelots dont l'abondance est le signe le plus certain de la popularité.

Il faut signaler de curieuses images de l'époque, au nombre de six, qu'on trouvera à gauche en entrant ; c'est le roman en raccourci de *Notre-Dame de Paris;* — plus loin, des panneaux en étoffe d'ameublement : *Hernani, Dona Sol; Phœbus, La Esmeralda;* des chenets avec le buste de Victor Hugo.

Les boutons de manchettes, les breloques, les broches, les épingles sont innombrables. Il y a le plat décoratif et la blague à tabac, la liqueur des *Misérables* et le chapeau *Tudor*, l'éventail *Sara la baigneuse* et le faux-col *Ruy-Blas*, l'almanach de *l'Homme qui rit* et la liqueur *Hernani*, le bouton la *Esmeralda* et le soulier *Marion de Lorme*.

Moulage de la tête de Victor Hugo sur son lit de mort, par DALOU.

Il est impossible de dresser une liste de tous les bustes, portraits, images, encore moins des chansons, affiches, médailles, médaillons.

On trouvera dans les vitrines du fond les bons points concernant la vie et les œuvres de Victor Hugo accordés dans les écoles aux meilleurs élèves.

Les horticulteurs ont donné à leurs azalées, à leurs rhododendrons et à leurs chrysanthèmes les noms des héros des romans, comme les propriétaires des chevaux de course ont baptisé leurs pur-sang du nom des personnages des drames. M. Beuve a tout recueilli, il a compulsé tous les documents, tout noté et enregistré dans un livre curieux.

Nul n'a été plus portraituré, plus chansonné, plus célébré, plus glorifié que Victor Hugo.

Et l'ingénuité populaire s'est affirmée dans ces couplets :

Cueillons tous des bouquets pour le maître des maîtres.
Qu'une gerbe odorante embaume sa maison.
Des fleurs à son balcon, des fleurs à ses fenêtres ;
Que la patrie en fasse une immense moisson.

TABLE

	Pages.
Introduction	1

Vestibule	2
Escalier du premier étage	2

PREMIER ÉTAGE

Antichambre	5
Salle des Peintures	15
Bibliothèque et salle des Estampes	29
Escalier du second étage	46

DEUXIÈME ÉTAGE

Antichambre	48
Salle des Dessins de Victor Hugo	49
Salle des Panneaux de Victor Hugo	65
Annexe des Dessins de Victor Hugo	69
La Chambre mortuaire	71
Escalier du troisième étage	73

TROISIÈME ÉTAGE

Le Palier	75
Le Musée intime	77
Le Musée populaire	103

SAINT-DENIS. — IMPRIMERIE H. BOUILLANT, 20, RUE DE PARIS. — 14917

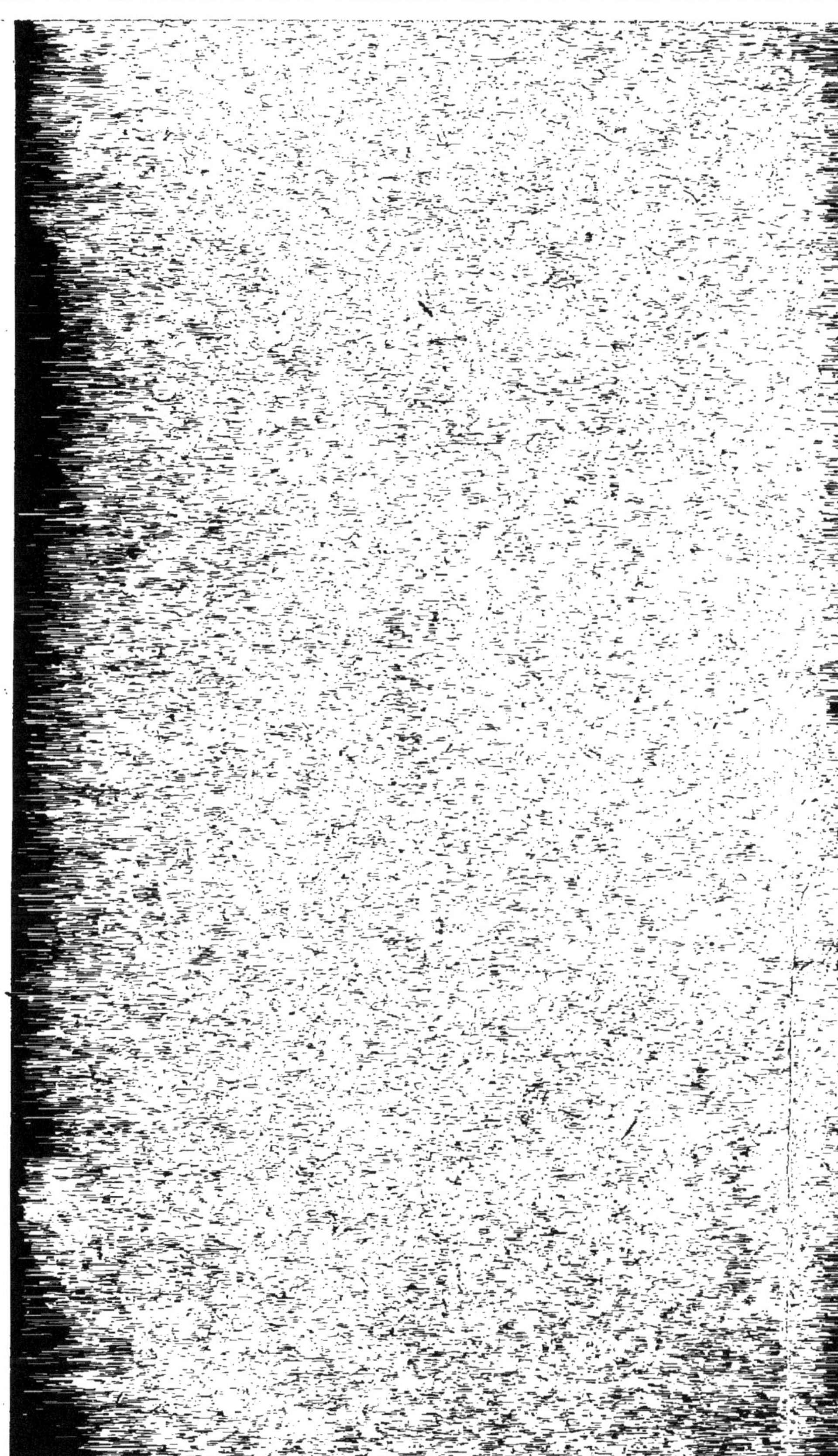